ベリーズ文庫

平凡な私の獣騎士団もふもふライフ2

百門一新

STARTS
スターツ出版株式会社

目次

平凡な私の獣騎士団もふもふライフ2

才ある若き
獣騎士団長
ジェド・グレイソン
獣騎士団が治める広大な土地「グレイソンベルト」領主で伯爵。素の顔は泣く子も黙る鬼上司。何かとリズを手元に置きたがるが…？
不運体質な
平凡女子
リズ・エルマー
獣騎士団初にして唯一の女性団員。一般人だが白獣と心を通わせることができる。幼獣の世話係兼カルロの助手に昇格（？）するが…。
平凡な私の獣騎士団もふもふライフ 2
Heibon na watashi no Jukishidan mofumofu life
ジェドの
最強相棒獣
カルロ
他の白獣よりひときわ大きく知能が高い。筆談で会話することも！ どこか不遜な態度は誰かとそっくり…？

CHARACTER
エドモちゃんより☆
◆お人好しな副団長◆
コーマック・ハイランド
穏やかな好青年で誰に対しても丁寧な口調を崩さない。ジェドとは幼馴染みで、苛烈な彼にしばしば振り回されている苦労人。
◆武骨なエリート軍人◆
エドモンド・ワイナー
ニコラス専属の護衛騎士。感情をあまり表に出さない美丈夫。一見能力の高い優秀な軍人だが、文章力が壊滅的で…？

「白獣」とは？

ウェルキンス王国グレインベルト領に生息する魔力保有生物。基本人間には懐かず、神聖で貴重な生き物として崇められている。

「獣騎士団」とは？

初代グレイソン伯爵が設立。相棒として白獣の魔力を引き出し戦う精鋭部隊。白獣から認められた者だけが騎士になれる。
◆11歳の少年王子◆
ニコラス・フィン・ウェルキンス
ウェルキンス王国の王太子。元気いっぱいの愛すべきトラブルメーカー。白獣から好かれる体質。ジェドを一方的に親友認定している。

平凡な私の獣騎士団もふもふライフ2

序章　彼女と獣騎士団

就職の新規採用シーズンの春を、一ヶ月程超えた。

王国軍第二十四支部、獣騎士団は、本日もいつも通りの朝を迎えていた。獣騎士たちが相棒獣を連れ、仕事前の世話にあたっている。

幼獣がさらわれ、リズが巻き込まれた密猟団の件から一週間。ようやく敷地内には落ち着きが戻っていた。青空の下、朝の心地よい空気が流れている。

「あのね、どうして私を出待ちしているのよ……。え？　暇だったから？　もうっ、団長様ったら、相棒をほったらかしにして何をしているのかしら」

そんな声が、本館側にある宿泊棟の前で上がる。

そこにいたのは、リズ・エルマーだ。幼獣の世話に必要な道具のいくつかを、昨夜のうちに準備しておいたかごを抱えている。

彼女の向かいには、土にガリガリと文字を刻んでいる一回り大きな白獣――獣騎士団長ジェドの最強相棒獣、カルロの姿がある。

「ご飯はちゃんと食べた？」

【食べた】

「そこは団長様も、とっくに終わらせているのね。でも、どうして暇になっているの？」

【歩いてくると言ったら、行ってこいと、許可をもらった】

「だからって、なぜ私のところに……」

リズは、ジェドとカルロのやり取りを想像して、しまいには首をひねる。

普段から、よくわからないところがある男たちだ。考えてもわからないものはわからないので、彼女は小さく吐息を漏らして歩きだした。

「私、今日は先に、幼獣舎の方に行くスケジュールなの。だから、カルロのブラッシングは、少し後よ」

そう告げたのに、カルロはそのままあたり前みたいについてくる。

一週間前まで、教育係をしていたせいもあるのだろうか。彼は相棒騎士であるジェドか、それ以外はいつもリズのそばにいた。

「カルロはまだ、あまり歩いていないんでしょう？　敷地内を散策してきていいわよ」

自由な姿にはうれしさも込み上げて、甘やかすみたいに優しく提案する。

立派な相棒獣になったカルロには、もう首輪や散歩紐だっていらない。今は、相棒騎士となったジェドを乗せれば、空を飛んで駆けることができる。

するとだ彼が、昨日と同じく、ぶんぶんと頭を横に振ってきた。

「散策、してこないの？　団長様にも、特別に許可されているのに」

不思議に思って確認すると、カルロはリズよりも高い位置にある頭を下げて、肩あたりにぐいーっと大きなもふもふとした白い頭をこすりつけてくる。

さっさと行けと、押されている気がした。

「ついてくるのはいいけど、幼獣たちをびっくりさせたらダメよ」

「ふんっ」

カルロが何やら言いたげに、しかめ面を近づけてくる。リズが足を止めてみると、彼があまり人前ではしない筆談でこう伝えてきた。

【子ら、びっくりしてない。勝手に背中に乗ってくるの、困る】

「カルロ、大人気よねぇ」

たぶん、これまでにない程に大きな白獣だから、彼らはそれだけで面白いのかもしれない。いつも大きな目をきらきらとさせて、カルロの周りで大騒ぎするのだ。

――白獣特有の、美しい紫色《バイオレット》の目。

リズは、視線の高さを合わせて自分を見ているカルロを、同じくじーっと見つめ返していた。色合いが近い彼女の赤紫色《グレープガーネット》の瞳に、獣が映っている。

「あの子たちも、いずれはカルロみたいにおっきくなるのかしら。いくつかの成長段階ごとに、体のサイズが変わっていくって本当？」

【たぶん】

「首をひねられても……あっ」

大きな前足で文字を消したカルロが、仏頂面をずいっと寄せて、リズが抱えているかごをくわえ持った。

「私、自分で持てるわよ？」

リズはそう言いながら、『返して』という仕草をした。しかしカルロは渡さないという反応をすると、続いてなでろと言うように頭をよこしてくる。

最近、こうやって唐突なタイミングでなでられたがるのも増えた。

少し前まで、ブラッシングだって嫌がっていたのに、すごい変わりようだ。

……まぁ、リズとしては、もふもふを堪能できるのでうれしい変化なのだけれど。

「ブラッシングで癖がついちゃったのかしら。それとも、なでられ癖があったりするのかしらね」

リズが両手を伸ばしてなでると、カルロは少し目を閉じた。まるで小さなその手の温もりを、全身で感じようとしているかのようだった。

優雅な白い毛並みは、大きな耳の方までもふもふだった。毎日のブラッシングもあって、手にふんわりとなじんできてとてもふわふわだ。

——と、カルロが目を開ける。

「ふんっ」

いかにも仕方がないというしかめ面で、鼻を鳴らして頭を持ち上げた。

相変わらず、小馬鹿にしているのかなんなのかわからない。けれどリズが真意を確かめる間もなく、カルロは歩きだしてしまう。

「あっ、待ってカルロ。その荷物、ちゃんと私が持つから——ふぎゃっ」

直後、リズは芝生の方に踏み込んだ途端、びたーんっ、と転んでいた。

まだカルロがちょっかいを出してもいないのに、一人で勝手に転倒した。向こうで気づいた獣騎士たちが、「うわー……」とつぶやいている。

「うぅ、なんでこのタイミングで、何もないところでつまずくの私……」

不運な体質なのだ。いつもタイミングが悪いというか、反射神経も並み以下な一般人という自覚はあった。

だが非戦闘員ながら、彼女も立派な獣騎士団員の一人である。

怪我がないのを確認したカルロが、小さく息を漏らして〝お座り〟でリズを待った。
その長い毛並みの尻尾が、彼女の少し乱れたスカートを隠すように置かれた。
――本日も、獣騎士団はいつも通りだった。

一章　大量の手紙と護衛騎士

ウェルキンス王国、国土第二位のグレインベルト。

山々の広大な自然も残る、戦闘獣「白獣」の生息地である。そこには戦闘獣を相棒として戦う最強部隊、王国軍第二十四支部の獣騎士団があった。

白獣は、獣騎士以外には絶対に懐かないことで知られていた。

そのため獣騎士の数は少ない。白獣がトラブルを起こさないよう、獣騎士団の施設である本館と非戦闘員の職場である別館とは、高い塀で隔てられている。

獣騎士団には、これまで女性は一人もいなかった――のだが、この春、異例の新規採用の新人によって変わった。

「うぅ、この作業、いつまで続くんですか？」

一通一通、手紙の開封作業をしていく、という地味な作業を延々と続けているのは、別館から本館勤務になった〝元事務員〟リズ・エルマーである。

獣騎士団の戦闘獣が採用を決めた、珍しい採用経緯で知られている新米だ。

「団長様に相棒獣ができたのは喜ばしいんですけど、その翌日から、もう毎日ずっとこんなんですよ」

言いながら、応接席のテーブルに山積みになった手紙を見た彼女の、どこか白獣に似た赤紫色《グレープガーネット》の瞳が潤んだ。

リズは、まだ誕生日を迎えていない十七歳の平凡な女の子だ。手足は華奢《きゃしゃ》で、春のイメージを持たせるふわふわとした桃色のやわらかな髪をしている。

――獣騎士団、ただ一人の非戦闘員枠の〝団員〟である。

ここは、獣騎士団の本館にある団長の執務室だ。室内には彼女と同じく、普段のスケジュールを縫って、手紙の仕分け作業にあたっている獣騎士たちがいた。

「恐らくは、しばらく続くかと……」

リズに目をやった男たちの中で、心遣いから反応したのは『理想の上司ナンバー2《ツー》』で知られている獣騎士副団長、コーマック・ハイランドだ。

優しげな雰囲気をまとった、端整な顔立ちをした美男子で、別館の女性たちにも大人気だった。

見た目の通り性格も穏やかな彼は、今、リズと同じソファに腰かけて手紙の内容に目を通して仕分けていっていた。

「軍関係だけならまだしも、これも、これも、貴族からのものですからね」

嘘をつけないコーマックが、思わずといった様子で続ける。

「普段からあまり顔を出していない社交界からの誘いが、ここ数日は圧倒的です。……もっと増える可能性があると思います」

「ええ、もっと増えるんですか⁉　今だって、こんなにあるのにっ？」

リズは思わず涙目になる。多忙さが落ち着いたとはいえ、毎日、午前中の二時間、大量の手紙やら贈り物やらの地味な仕分けが、つらい。

一週間前、長らく待ちわびた獣騎士団長の相棒獣ができた。

その祝いの手紙やら贈り物やらが、連日大量に届いている状況だった。それは彼が白獣に認められた特別な領主、グレイソン伯爵という身分のせいもある。

本来なら、屋敷に届く社交的な祝辞や招待状も、多忙だと知られている彼に確実に読ませるべく、獣騎士団に回ってきているのである。

「『こんなに』というが、上位の貴族の祝いとしては普通だ」

泣き言を言ったリズにそんな言葉を投げたのは、書斎机で手紙の対応にあたっている獣騎士団長、ジェド・グレイソンだ。

コーマックと同じ二十八歳。無愛想な表情も美しい、端整な顔立ちをしている。濃い紺色の髪、知的な切れ長の瞳は強い意志を宿した明るいブルーだ。

――彼はグレインベルト領主、グレイソン伯爵である。

領民からの信頼も厚く、美貌の領主としても絶大な人気を誇っていた。別館勤務の非戦闘員たちからも評判が高く、『理想の上司ナンバー1《ワン》』に君臨し続けている。

だが、優しいというのは表の顔で、獣騎士団ではドSの鬼上司として知られていた。自分の右腕でもある優しい副団長を、平気で正座させたりもする。

「で、でも団長様、テーブルからあふれんばかりの手紙なんですよ⁉」

「先日、屋敷に届いた贈り物は、玄関フロアを埋めて執事を困らせていたな」

「執事さんがかわいそう……！」

感受性豊かなリズは、想像してわっと涙目になる。よくそれを屋敷の主である団長本人に言えるよな……と、ついコーマックたちの手が止まる。

リズだって、鬼上司はめちゃくちゃ怖い。

でも、この大量の手紙が届き始めてから一週間、一番彼女が彼の身の周りの用事を手伝わされてもいた。

必要な時には主張しないと、ジェドは平気で付き合わせ続けるのだと学んだ。この前だって手紙の仕分け作業後、重要書面のページ綴りの確認という、必要があるのかもわからない作業を命令された。

とにかく、何かしらそばに置きたがるのだ。リズが席を外そうとすると、必ず呼び止めて、自分から離れる必要はあるのかどうか聞いたりする。

昨日の午後の書類作業の手伝いでも、どこへ行くと問われて、「お手洗いです！」と告げた際には、顔から火が出そうなくらい恥ずかしかったものだ。

「お前は、贈り物の中身よりも執事が気になるのか？」

なんだか不満そうな声がして、リズはジェドへ目を戻す。

「当然じゃないですか。そもそも団長様に贈られたプレゼントなのに、どうしてその贈り物の中身を私が気にするんですか？」

貴族が好むような、高級品のよさなんてあまりわからない。リズとしては、高級志向の強い貴族が選んだ贈り物よりも、実用品への関心が高い。

それに、それは伯爵である彼に贈られた何かである。リズが気になるところなど一つもなかった。

「余るくらいいっぱいあるんだぞ。俺がいらなければ自分に譲って欲しいだとか、そう思ったりはしないのか？」

「せっかくのいただき物なのに、人に譲ってしまってはもったいないですよ」

答えるリズの隣で、コーマックが声をこらえて笑っている。他の獣騎士たちも、苦笑交じりながら微笑ましげだ。

年頃の娘が好きな、綺麗な装飾品もあるだろう。売れば、まだ借りられていないでいるアパートの足しになるかもしれない。でも彼女は無欲だ。

ジェドは頬杖をつき、そんなリズの大きな赤紫色《グレープガーネット》の目をじっと見つめる。

「そうか。お前はただ単に、執事の身を案じただけなのか」

そうつぶやいたかと思うと、ふっと口角を引き上げた。

「まぁ、それも悪くない」

「何が『悪くない』ですか、執事さんが大変ですよ。団長様のせいで、私のお仕事だって増えているんですからねっ」

リズは、ここ一週間の不満を口にした。おかげでご飯後の幼獣たちの寝顔を、ゆっくり眺めつつの仕事もすることができなくなっている。

するとジェドが、不敵な笑みを浮かべて堂々と指を向けて言った。

「お前は、何よりも俺を優先しろ」

つまり引き続きがんばれと言いたいのだろう。リズは、一週間前にあった密猟団の一件で、自分が予期せぬ昇進をしてしまったことを思い出す。

――幼獣の世話係〝兼〟相棒獣の助手。

獣以下な位置づけにするところもまた、いかにも鬼上司らしい処遇である。

外向けには、元教育係として相棒獣の体調管理や世話のサポート役というポジションで、獣騎士団長の直属扱いだ。

ただ彼の雑用係になっただけの気もする。獣騎士たちと同じく戦闘獣に受け入れられているけれど、非戦闘員なので都合がよかったのかもしれない。

「はぁ、承知しました」

多忙なのは知っているので、あきらめ気味にそう答えた。獣騎士たちが生暖い目を向ける中、励ますようにコーマックがやわらかに微笑みかけてくる。

「大丈夫ですよ。もしリズさんが大変になってしまうことがあったら、無理がないよう僕たちもお手伝いしますから」

そういえば、彼は副団長でジェドの一番の部下だ。自分よりも大変なのだろうと思ったら、リズはハタと冷静になった。

しかも現在、この優しい上司は、ジェドと同性同士の恋愛をしていると女性たちに誤解させているところだ。そのせいで「イケメン」「いい地位」「二十八歳の独身」なのに、恋人候補の一人だっていないのだ。

「うっ、なんて不憫《ふびん》なの副団長様……デートする女性もいなくて、鬼上司な団長様の仕事に日々忙殺されているだなんてっ」

想像したリズは、思わず涙ぐんだ。彼も年頃の男性だ。デートができる女性のパートナーは欲しいだろうと、村にいた青年たちを思い返して重ねた。

その隣で、コーマックは引きつり笑顔だ。

「ねぎらっただけなのに、なぜ僕が同情されているんだろうか……」

部下たちから同情の眼差しを受ける彼は、リズを見るジェドの目がぎらついたことにも気づいて、二重の心労に目頭を押さえる。

「……リズさん、すみません、また声に出てしまっています。それから心配は無用ですから、どうか泣かないでください」

獣騎士団ナンバー2によって場が収められたのち、仕分け作業が再開された。

コーマックが書面の内容を確認していく隣で、リズもせっせと手紙の開封作業に集中した。

中に入っている便箋を傷つけてしまわないよう気をつける。そこには軍人や貴族だけでなく、領民たちから届いた祝福の手紙もあった。

『とても喜ばしいことで、安心しております』

『領主様、ずっと健康で、お元気でいてください』

『どうか、お一人でご無理をされませんように』

獣騎士団長が相棒獣を得た。それは、かねてからの皆の念願でもあった。領民たちや誰もが、相棒獣が不在だった彼の身を思って、案じていたのだ。

相棒獣と相棒騎士は、パートナーがいてこそ最強の戦闘獣と騎士になれる。魔力をつなげることによって、互いの治癒能力も引き上げられるという。

――今のジェドは、以前に比べても顔色がよく元気そうだ。

領主と軍人の両立ながら、疲労感もあまり引きずらなくなったらしい。以前のように、無理やり体を動かしている現状もなくなったのだろう。

なのでリズも、大量の手紙に困らせられながらも、コーマックたちと「仕方ないか」と笑い合ってもいた。自身の仕事に空きをつくっては、仕分け作業にあたっている。

「ごほっ⁉」

その時、一つの手紙を前にコーマックが盛大にむせた。

「なんだ？　副団長、なんかあったんすか？」

「どれどれ」

そう言いながら、興味本位で覗《のぞ》き込んだ部下たちが「げっ」と声を揃《そろ》える。

リズは、その様子を見つめてきょとんとした。いったいなんだろうと思って文面を見ようとした途端、コーマックが慌てて手紙を自分の背へと隠した。

「リズさんは読んじゃいけませんっ」

「え？　どうしてですか？」

「そ、その、あまり女性が読んでいい内容では……」

頬を紅潮させ、彼の言葉がもごもごと口の中に消えていく。

獣騎士の一人が気を利かせて、プレゼントの山を探ってその手紙とセットで届いていた小箱を見つけ出した。代表のごとく彼がジェドのところへ向かうのを、リズたちは目で追う。

「団長、媚薬入りの菓子のプレゼントがきてます」

彼から報告を受けた直後、ジェドの拳が、ガンッと書斎机に落ちた。

初心《うぶ》なリズは、媚薬と聞いて頬を染めてしまった。恐らくコーマックが隠した手紙には、男性たちが交わすような夜のことでも書いてあったのかもしれない。

思えばジェドも、二十八歳の健全な大人の男性なのだ。まだ恋人もいない身であるし、ここは男だらけの職場なのでそういう話題だって当然あるのだろう。一人だけ恥じている状況もいたたまれなくなる。

そんなリズを察知したジェドが、完全否定する勢いで部下を睨み返して怒鳴った。

「俺には不要だ！　そんなものを贈ってきたのはいったい誰だっ！」

「ニコラス殿下です」

「くそっ、またあいつか！」

どうやら知り合いであるらしい。ジェドが拳の横で再び机を叩く。

けれど、リズとしては『殿下』という単語が大変気になった。緊張でごくりと唾をのみ、恐る恐るコーマックに確認する。

「あの、ニコラス殿下って……？」

「このウェルキンス王国の、王位継承第一位、十一歳のニコラス・フィン・ウェルキンス第一王子です」

まさかの王子だったとわかって、リズは卒倒しそうになった。

現在、ウェルキンス王国では、両陛下の間に第一王子しかいない。何事もなければ、ゆくゆく彼が次代の国王になるとは聞いていた。

「団長は、幼い彼の誕生祝いに伺った折に、なぜか一方的に家臣たちの前で親友認定されまして。それからというもの、ずっと付き合いがあります」

コーマックが、そうリズに教えた。

「つまり、王子様とは、幼なじみの関係みたいなものなんでしょうか……？」

「まぁ、そういうことになりますね」

説明するコーマックは、吐息交じりだ。

どうやら今回の媚薬入り菓子は、十一歳の王子なりに『そろそろ配偶者を決めて所帯を持った方がいいぞ』と、心配してエールとして贈ってきたものだとか。

「エールがすごく大胆ですね……」

「子供ゆえのところもあるでしょうね。彼は団長が、モテないせいで縁談話の一つもない、と思っているところもありますから」

語り終えたコーマックは、困ったようにしわが寄った眉間をぐりぐりとして「ふぅ」とため息を漏らす。

「だ、団長様がモテない？　どうやったらそんな誤解ができるんですか」

「そこは僕らも謎なのですが。まぁ、殿下自体、きらっきらなくらいの美少年ですからね。美的感覚が鈍いのかもしれません」

しかし、今回の媚薬の贈り物はついでだったらしい。

殿下からの手紙には、気になる内容も綴られていたようだ。コーマックはリズに軽く手を上げて話の終了を合図すると、ジェドの元へと向かった。

「すみません団長。菓子よりも先に、手紙に書かれてある〝本題〟の方を僕が提示すべきでした」

コーマックが、数枚の便箋を彼へと掲げた。それと彼を見比べるようにして、ジェドは訝《いぶか》しげに視線を往復させる。

「どういうことだ？」

「どうやら本題は、殿下に預けた幼獣の件のようです」

コーマックは便箋を書斎机の上へ置いた。その相談内容が該当する部分を、ジェドに示して確認をお願いする。

獣騎士たちが、なるほど媚薬はついでだったかと納得する。でもリズは、かなり意外なことを聞いてしまって目を丸くしていた。

「殿下のところに、幼獣がいるんですか？」

ジェドを除く男たちの視線が、不意にそう発言したリズに集まる。

「ああ、そういえば教えていませんでしたね。殿下もまた、リズさんと同じく白獣が大丈夫だったお人なんです」

振り返ったコーマックが、優しげな口調でそう教えた。

「公務を兼ねた初めてのご訪問で、転倒した殿下を団員の相棒獣が助け起こしたことで発覚しまして」

「そうだったんですね……。今年もご来訪があったのですか？」

「はい。春先の頃ですかね。ちょうど幼獣舎が賑《にぎ》やかになり始めていましたので、まずはそちらを見学していただきました」

そうしたところ、一頭が王子に興味を持って懐いたのだという。ずっとそばを離れなくて、滞在中は一緒にいさせていたのだとか。

だから、いったん連れて帰ってもらったのかしら？

そう思ってリズが問いかけようとした時、ジェドが手紙の相談内容を確認し終えてこう言った。

「ニコラスの手紙によると、どうやら最近周りが少々気になるらしい。いつも幼獣を抱えて移動しているところ、視線を感じる、と」

ジェドは、親しげに第一王子の名前を口にした。

王子が周りの視線に気づいたのは、ここ最近のことのようだ。預かっている幼獣は、まだ牙も尖《とが》っていないので、もし何者かに狙われていたりしたら……。

そう、手紙には十一歳の王子からの心配と相談が綴られていた。

「単刀直入にいうと、じかに話したいので『王都に来い』と希望しているらしい」

詳細は会った時にと書かれている手紙を、ジェドが書斎机の上にぱさりと置いた。

小さく鼻息を漏らした彼へ、コーマックが確認する。

「王宮に行くんですか？」

「あいにく、そんな暇はない。気になるという程度で、毎回呼び出されることにでもなったら、たまらん」

ジェドが、判断を待つコーマックたちへ、ニコラスからの用件に関しては一蹴する姿勢を示した。

親友認定されてからは、「遊びにこい」やら「パーティーに参加しないか」やらと、個人的な誘いも多くなったらしい。

「まぁ、味を占められたら厄介ですよね」

見守っていた獣騎士の一人が、たしかにとうなずいて言う。

「最近はご公務にも入られていますし、殿下に与えられている公的な権限を使われると、断るのも少々難しくなる」

「以前の厄介なところからの縁談話も、殿下が持ってきたせいですもんね」

「えっ、そうだったんですか⁉」

「リズちゃん、あの殿下は楽観的でポジティブすぎるというか、ちょっとお馬鹿なところがあるトラブルメーカーなんだ。城に来ていた隣国の末姫に『なら、グレイソン伯爵なんてどうだ？』なぁんて、あっさり話を振ってくれちゃって」

そのせいで帰国後、結婚相手を探しているらしいと大袈裟な話を聞いた末姫の姉たちと、隣国住まいの令嬢たちも乗り気になった。

――結果、またたくまにグレイソン伯爵の名が隣国に知れ渡った。

その時の手紙の量は、この倍だったと彼らは語る。国内の令嬢たちも負けじとアピールし、名家は自分の娘を推してきて社交の誘いもピークだったそうだ。

「すごく大変なことになったんですね……」

獣騎士団の仕事どころでなくなったのではないだろうか。だから当時、コーマックと彼が恋人同士という噂が強められたのか。

リズがそう思っていると、コーマックが吐息交じりに言った。

「まさか姫相手とは、僕も話を聞いた時は驚きました」

「俺も、話を聞いた時はたまげました。モテるのもほどほどにしないと、困るんだなって、初めて団長が頭を抱えているのを見て思った」

「あれ？　俺、今にも殴り殺しにいきそうな顔しか見てねぇけど」

「あれ以降、殿下へのあしらいに遠慮がなくなったよな。さすが我らが鬼上司」

その時、ジェドの声が彼らの話を終了させた。

「俺が仕えているのは陛下であって、王子じゃない。グレイソン伯爵への絶対の命令権は、陛下だけが持っている」

鬼上司の話題が発展しそうになったのを察知して、ジェドが強めにそう言った。ピリッとした気配を覚えたリズたちは、条件反射のように口をつぐむ。

「陛下からも、ニコラスの件に関しては『友人として導いて欲しい』と許しはいただいている。ただ一人の王子だ。常に護衛もいる。本当に何かあるのだとしたら、陛下の方から俺に直接相談がくるだろう」

この話は終わりだと言わんばかりに、てきぱきと告げたジェドが、続いてコーマックの隣に立っている部下を見た。

「何か間違いでも起こったら大変だ。その媚薬入りの菓子は、しっかり焼却処分しておけ。強い薬剤は白獣にも毒だ」

「了解です。きちんと燃え尽きるまで見届けます」

命令を受けた獣騎士が、敬礼をして部屋を出ていく。

リズは、コーマックたちと共に彼の退室を見送った。媚薬と聞いてからこわばっていた肩から、ようやく力が抜けて内心ほっとする。

別館にいた年上の女性職員たちも、恋愛話や旦那との話はよくしていた。でも、キスやら夜を過ごすやらというキーワードを聞くだけで、リズは恥ずかしくなってしまうのだ。

男性だけの職場だもの。ああいう話題にも慣れないといけないのかしら……そう思った時、開封した手紙から見えた字に、ふと目が引かれた。

『ハッピー☆元気？　私もちょー元気だよ☆』

その冒頭の文に目を疑った。まるできゃぴきゃぴな町娘が書いたみたいな字だ。思わず封筒の裏にある差出人を確認すると、これまでと雰囲気が違っていた。

『エドモちゃんより☆』

かわいらしい丸い書体で、かなりフラットに名前だけ書かれている。

「エ、エドモちゃん……？」

なんだか女性にしては、名前の音の感じも印象的である。目を戻してみると、手紙の出だしが『領主様へ☆』で始まっているのも、リズはかなり気になった。

「ああ。これはまた、殿下に続いて久しぶりの人からの手紙ですね」

横からコーマックの声が降ってくる。

見上げてみると、戻ってきた彼がリズが手にした手紙を覗き込んでいた。その周りから、他の獣騎士たちも集まって見下ろしている。

「いつの間に……？」

「リズちゃんが珍しく固まったから、なんかあったのかなと思って。団長も気にしてるっぽいし」

彼らが向けた指の先を見てみると、こちらをじっと見ているジェドがいた。

なぜ気にされているのだろう……？　あ、もしかして、手紙を勝手に読んでしまうと思われたのかもしれない。

この中には、公爵といった大貴族や軍の上層部からの手紙もある。当初から開封作業だけなのは、自分のような庶民が見てはいけないものもあるからだ。

リズは中身を目から遠ざけつつ、送り主を知っているらしい彼らに尋ねてみた。

「あの、これって、もしかして団長様の強烈なファンだったり――」

「違う。そんなテンションの高い文面で送ってくるファンが、いるか」

当のジェドがぴしゃりと言葉を遮ってきた。ファンレターをもらい慣れている男の発言だ。リズは実際、ジェドにはファンが大勢いることを思い出す。

するとコーマックが教えてきた。

「彼は、団長や僕らと同じ軍人ですよ」

「この方、男性なのですか？」

「はい。現在、ニコラス殿下の専属の護衛騎士です。極秘部隊養成学校でトップの成績を収めた方でして、情報漏洩《ろうえい》を気にして偽名を使い、こうして内容を短縮してプライベート風を装い手紙を送ってくるんです」

「短縮で、プライベート風……？」

よくわからなくなったリズは、いったん封筒に書かれている『エドモちゃん☆』を確認した。それから、落ち着かないままコーマックへ目を戻す。

「あの、実際のお名前はなんというのでしょうか？」

気になって尋ねた。

「エドモンド・ワイナーですよ」

他の獣騎士たちが見守る中、コーマックが優しく答えてくれる。そこでリズは、短縮という説明部分について思い返したところで、ハタと気づいた。

エドモンド、途中まで読んでエドモ……それで偽名が『エドモ』なのか。

そのまんまである。なんだか切り方が中途半端だ。

「誰かに見られてしまうことを警戒して、この文章なんですね……でも短縮するにしても、もうちょっと他に方法があるような」

　リズは、封筒から覗く便箋に目を戻し、これを書いたのがエリート軍人という強いギャップの戸惑いでくらくらした。

　こんなにもかわいい〝都会のきゃぴきゃぴ女の子な字〟は初めてだ。覗いた文面だけでも、きらきら感があふれている気がする。

「極秘の部隊と聞くと、もっと、こう、うまくメッセージの中に本題を隠すイメージがあるのですが……」

「本来はそれで間違いない。だが、奴には無理だ」

　ジェドが書斎机の方から、スパッと声を投げた。

「極秘部隊養成学校は、すべて推薦制での入学だ。そこでトップの成績だった男なんだが、一部、能力に欠点があって、所属先を他に探すことになった」

　そこは、エリート中のエリートが集う国の最高の騎士養成機関だ。一般人には知らされておらず、卒業すればそのまま入隊となり配属先が決まる。

　しかし、彼の場合だけ違っていたようだ。リズが頭の中で整理していく様子を見ながら、ジェドは珍しくもそれに合わせて一つずつ説明した。

「配属先候補の一つが、獣騎士団《うち》だった。白獣との引き合わせは合格、ひとまずは他に配属先が見つからなければ来いと言って、その時はいったん返した」

なんだか言い方が気になった。

「あの……まるで最終手段みたいに聞こえるのですが」

気のせいかと思ってコーマックたちに尋ねてみると、目をそらされた上、砂でも食わされたみたいな顔で押し黙られてしまった。

あ、これ、まじで最終手段の行き先だったっぽい……。

リズは、エリート軍人エドモンドの扱いに絶句する。獣騎士は、なれる者の数も少ない。それなのに、このあまり歓迎されない感じはいったいどういうわけなのか。

するとその心境を表情に見て取ったのか、ジェドが鷹揚にうなずいて続けた。

「いちおう奴もエリートだ。その能力が最大限にいかされる場所は多くあった。各場所で研修をさせて様子を見つつ、受け入れ先の所属軍が懸命に探された」

「け、懸命にって……難航だったのがありありと浮かぶのですが」

「事実かなり難航した。卒業までには間に合わず、それからも数年転々としながら、次の配属先候補が見つかるまでうちでよく研修させてもいた」

リズの脳裏に、バックパックを持って獣騎士団に泊まりにくる、エリート軍人の様子が浮かんだ。

「まぁ、それもあって、僕らはすっかり顔なじみなんですよね」

浮かんだイメージも、あながち外れていないようだ。コーマックの言葉になるほどとリズが納得していると、ジェドが話を再開する。

「そして今年、とうとう正式にうちで獣騎士候補になった。だが、そのタイミングでニコラスの訪問があって、幼獣が懐いた一件があったわけだ」

「第一王子殿下に、一頭だけがすごく懐いた、という？」

「そうだ。幼獣も離れたがらない、ニコラスもその幼獣を連れていくといって泣きだす始末だ。実に困ったところ、獣騎士候補のエドモンドがいた」

エドモンドは、獣騎士になるには少々難しいところがあった。

相棒騎士と相棒獣は、信頼感といった感情的な交流が第一に必要だ。しかし彼の淡々と任務をこなせる軍人として優秀な性格は、獣騎士には不向きだった。

「エドモンドは、戦闘獣と相棒の絆を結べない可能性を指摘されていた。そこで俺は、奴にその幼獣の世話を一任することにした。そのままニコラスの護衛騎士としてつけて一緒に王宮へ帰したところ、奴には専属の護衛騎士が適任だったらしい。筆記作業さえなければ優秀だからな」

……ん？　筆記？

強調気味に告げられた言葉に、引っかかりを覚えた。じっと自分の解答を待っているジェドへ、もしやと思ってリズは尋ねる。

「それって、つまりは書類作業とか……？」

「そうだ。つまるところ奴は、文章力が壊滅的にないらしい。幼少の騎士学校で推薦があって極秘部隊養成学校に移籍。しかし卒業後、軍の極秘部隊で採用とならなかったのは、そのせいだ」

「文章力にそこまで問題があるんですか⁉　でも、たしかに手紙の出だしがもうすごい……」

リズは、つい開封された封筒へ目を戻してしまった。ジェドが立ち上がって向かってくる中、コーマックが彼女が持つ手紙を指して言う。

「開いていいですよ。まずは読んでみましょう」

「そ、そうですね」

上司から許可をもらったので、いいのだろう。男たちが揃って覗き込んでくるのを感じながら、リズは恐る恐る便箋を開いて一緒に読んでみた。

『今日はめっちゃ晴れだぞ☆　エドモちゃん感激中、ちっちゃな二人のいちゃいちゃはまるで恋、相思相愛☆』

……冒頭からしっかり読み込もうとすると、正直、何が言いたいのかよくわからなくなってくる。

まるできゃぴきゃぴした女の子がしゃべっているみたいな想像が、脳裏にずっとチラついてリズはまったく集中できない。敬語いっさいなしの友人設定でジェドに手紙を送る、というところにも底知れない度胸を感じた。

けれど用件を読み取るべく努力すると、第一王子の件についての相談であるのはわかった。

ニコラスが幼獣の件を心配している。自分も少し気がかりだ。気のせいかどうか確認して欲しい——要は、エドモンドもまたジェドの王都来訪を頼んでいた。

「彼まで気になっているというと、不審な動きが本当にあるのかもしれませんね」

コーマックが、背を起こして感想の第一声を上げた。

むぅ、とした表情でジェドが少し考える。そのやや不機嫌そうな感じもする横顔を、リズは他の獣騎士たちと見守っていた。

「行く気はない。あそこには、王族の優秀な護衛部隊だっている」

やがて、ジェドが改めて判断を口にした。

「でも団長様、年下の幼なじみ様なのでしょう?」

心配だろうと思ってリズは言った。幼い白獣の希望も叶える形で、連れて帰りたいと望んだニコラスに同行させた。そのことからもジェドが身内思いなのがわかる。

　コーマックもそれを感じたように、幼なじみの上司へ提案した。

「今は〝カルロ〟もいますし、少しだけ様子を見てくるのはいかがですか？」

　一週間前、ジェドの相棒獣になった大型級の白獣カルロ。他の獣騎士たちの相棒獣と同じく、この部屋に近い外で待機している。

　すると、そのまま視線が動かされて、リズはジェドにじっと見つめられた。

「団長様、どうかされましたか？」

「俺は、長くここを空けたくない。――お前が一緒に行くのなら、話は別だが」

「なんでそういうことになるんですかっ。王宮へ行くなら、団長様一人で行ってください！」

　リズは弱った涙目ながら、ビシッと指を向こうへやって猛反論した。

　先日も密猟団の後処理の件で、隣町の公的機関へ連れていかれたばかりだ。今度は王宮とか絶対無理、庶民の自分には場違いすぎて緊張で死んでしまう。

「チッ」

　ジェドが小さく舌打ちした。そらされた横顔に「私は行きませんからねっ」と念を押すリズの様子を眺めながら、コーマックたちは察した表情だ。

たぶん、目を離したくないんだろうなぁ……。

見守るコーマックたちの思いは同じだった。とくに密猟団の一件でリズに素直に頼られてからというもの、ジェドはリズに過敏になっている。

「とにかく、俺は行かん」

リズの言葉に片手を振って応えたジェドが、呼び止める暇もなく部屋を出ていってしまった。

ずっと見てきた幼い年下の王子のことだ。こうして専属の護衛騎士からも相談を寄せられれば、ジェドも心配になって気にかけているはず。

「団長様、なんであんなに行きたくないんだろ……もしかして、何か他に理由でもあるのかしら？」

そうリズが首をひねると、コーマックたちが「他に」と言葉を繰り返して、思案する顔で顎に手をあてた。

「他、というと、王都にいらっしゃるご両親のことですかね」

「団長様の、お父様とお母様ですか？」

「はい。王都に別邸がありまして、そちらにお住まいです。実は団長、ここ数年はとくに、ご両親とはピリピリしているんですよ」

例の、婚活をいっさいしていない状況のことだろう。ジェドは爵位を継いで領主業もこなしているが、まだ独り身で婚約者もいない。

それは、先に相棒獣を見つけるのが大事だったこともある。町や別館側で『団長は副団長とできている』なんていう噂も、その一件があってのことだ。

そう思い返したところで、ふとリズは気づく。

「団長様は、無事に相棒獣もできました。もしかして手紙が大量なのは、その中に縁談のアピールも入っていたりするからですか？」

「リズちゃん、まさにそうなんだ。八割方、祝いに便乗してのアピール」

途端に獣騎士たちが、深いため息を漏らす。

コーマックが悩み込んだ顔をした。吐息交じりにこう続ける。

「ほとんどが、縁談を期待してのものでしょうね。パーティーやらイベントごとやらに出席させて、まずは自分の娘に会わせようとする者も多いです」

「そういえば副団長様、縁談話を抑えていられるのも時間の問題と、以前おっしゃっていましたものね」

リズが確認すると、コーマックが肩を落として深すぎるため息をついた。部下たちが生暖かい眼差しで、ぽんっと彼に手を置く。

「皆さん、どうしたんですか？」

「うちの副団長、まじでかわいそうなんだわ」

「幼なじみのせいか、仕事以外でも団長に苦労させられてる」

どういうことだろうと思って、リズは目を向ける。そのまま部下たちの視線も集まってしまい、コーマックは目をそらして遠慮がちに言った。

「手紙で、板挟みになっているんです」

「え……。それって、もしかして」

「婚活などしたくないという団長と、早くいい相手を見つけるか興味を向かわせるかさせて、結婚させて欲しい、という彼のご両親とのです」

あわあわと指を向けかけたリズは、その返答を聞いてぶわっと涙目になった。

「副団長様、とってもかわいそう……！」

それは苦労するわけだ。鬼上司の命令は絶対だし、かといって前獣騎士団長にして前グレイソン伯爵である、彼のご両親を蔑《ないがし》ろにするわけにもいかない。

事情を察したリズの感想に、そうだろそうだろと獣騎士たちがうなずいた。室内には、コーマックには少々いたたまれない空気が漂った。

「えーっと……ひとまず、この手紙をすべて仕分けてしまいましょうか」

本業に遅れてしまったら、今度こそ鬼上司から説教を食らうだろう。コーマックの言葉で、リズたちは再び手紙の仕分け作業に取りかかった。

自称ジェドの親友、第一王子ニコラスからの手紙も、元獣騎士候補のエドモンドからのそれも、他の多くの〝重要ではない〟の手紙の方へ重ねられた。

――だが、まさか後日、その当人が来てしまうとは、誰も思っていなかった。

◆§◆§◆

「お久しぶりです、ジェド団長」

執務室の応接席に案内されてすぐ、ソファに腰を下ろすなりそう言ったのは、上品な深い紺色の騎士服に身を包んだ一人の男だった。

――元獣騎士候補、エドモンド・ワイナー。

現在、第一王子ニコラスの専属の護衛騎士その人である。美丈夫だが武骨な印象が少々強めで、黙って座っていると優秀な一人の軍人に見える。

その向かい側のソファには、黒いオーラをまとったジェドが座っていた。機嫌は最高潮に悪いようで、入室してから一言も発していない。

おかげで室内には、かなり重々しい空気が漂っていた。

「さすがエドモンドさん」

「思ったら即行動なとこ、相変わらずだよな」

エドモンドを執務室まで案内した獣騎士たちが、控えている扉の前でこそこそささやき合う。

唐突な訪問はいつものことらしい。リズは、いちおう団長の直属の部下として、副団長コーマックと並んでジェドのソファの後ろに立っていた。

ワイナー伯爵家の三男、エリート軍人エドモンド。

――手紙の偽名『エドモちゃん』。

実際目にした彼は、手紙の印象がまるでないイケメン軍人だった。これであのかわいい丸文字を書き、町の女の子みたいな話し言葉を綴ったとは思えない。

その時、彼の目がリズへ向いた。

「君が『リズ・エルマー』ですか。初の女性団員であると、ジェド団長と手紙でやり取りしている殿下から聞いています。たしか幼獣の世話係だけでなく、立派に教育係も務め上げたとか。まさか普通の少女だとは思いませんでしたが」

後半、感想のような口調で続けられたリズは、たしかにと思う。だって自分は、平凡な女の子のド真ん中にいる。

彼女のぱっちりとした大きな赤紫色《グレープガーネット》の目が、少し考えるように宙を見る。

印象的な美人ではないが、素直そうなかわいらしい顔立ちをした少女だ。純朴な様子を前に、コーマックたちが妹でも見守るような気持ちで言葉を待つ。

「……えっと、その、私は団員ではありますが、いちおう非戦闘員です」

リズは、初の女性団員であると褒められるのも違うなと考え、あまり役に立てない自分を思ってそう答えた。

自分は本当に普通だ。きっかけも、鬼上司に巻き込まれただけである。

だが戦闘獣の教育係、という役目を果たしたことが大きかったのか。エドモンドが誇ることであると後押しするかのようにうなずいて、こう言ってきた。

「謙虚な姿勢もいいことです。獣騎士団は、陛下の信頼を一番に受けている最強部隊ですからね。白獣が選ぶ人間の特徴であるのか、誠実・忠実・真っすぐながんばりも評価されています。君も、彼らと同じく立派な団員の一人です」

なぜか、最後の言葉がとても胸にしみた。

ふと、密猟団の件で、獣騎士たちに『もう立派な獣騎士団の一員』と言われたことが思い出された。うれしくて、くすぐったい思いが込み上げる。

「リズは、うちの立派な獣騎士団員だ」

そう断言したジェドが、鋭い目で探るようにエドモンドを見つめた。

「それで？　さっさと本題を話せ、俺は忙しい」

「手紙に書いた通りです。殿下の元に幼獣を預けてくださっていますが、最近、その幼獣を腕に抱いている殿下の周りが、少し気になるのです」

「もしかしたら幼獣が狙われているかもしれないと、そう考えているわけか」

「はい。実は、それにには理由がありまして」

先日、ウェルキンス王国と、ここから遠くにある平和小国リリーエルタが正式に友好関係を結んだ。続いて軍事の協力協定が結ばれるべく、今度は平和小国リリーエルタによる、ウェルキンス王国への訪問が予定されているのだという。

すでに代表の家臣、そして軍関係の者たちが続々と入国を始めている。その祝いに他国の者たちも参加の声明を出しており、これからどんどん国内入りしてくる予定だ。

おかげで王宮も、ここ最近は使節団などの出入りも多い。それもあってか、第一王子ニコラスの不安も増しているようだと、エドモンドは語った。

「リリーエルタといえば、以前から少しずつ親交を深めて、軍事の後ろ盾を欲していた平和小国だろう。むざむざ幼獣を狙う危険は侵しそうにない」

一通り話を聞いたところで、ジェドがソファに深く背を預けてそう言った。

「式典などの行事を見たいと希望している国に関しても、我が国との親密国とその小国の関連国。そう考えると、強く警戒するような国も思い当たらないが」

「ですが、完全に信頼できるかと言われれば、そうではない」

「お前は相変わらず慎重派だな」

「そこはジェド団長と同意見かと。続く入国の混雑に便乗して、入ってくる外国の者たちもいる可能性を考えれば、警戒などなおさらです」

白獣は、この国に唯一生息している魔力保有種の戦闘獣だ。

外国となると、コレクションの値は国内の数十倍にも跳ね上がる。そのため不法売買に関しても、とくに警戒されていた。

「我が国で、白獣は大変貴重な生き物であり、唯一無二の特別な戦闘獣です」

エドモンドが、これまでになく真剣な雰囲気を帯びて告げた。

しばし室内に沈黙が漂った。気になる言い方にリズが首をかしげた時、見守るコーマックたちにも告げるようにジェドの声が響いた。

「考えすぎだと思うがな。それに、ニコラスに預けている幼獣は、もう離乳していて力もある。そう簡単にはさらえないぞ」

言いながらジェドが立ち上がる。

「話は以上だ。うちも暇じゃない、お引き取り願おう」

「どうか一度、実際に殿下の周りの様子を見ていただけませんか?」

「その必要はない。ニコラスの周りには、十分に護衛部隊だっている。何かあれば、陛下からじかに俺に要請がくるはずだろう」

テーブルの横で足を止めたジェドが、じろりと見やって一蹴する。

だがエドモンドは、引く気はないらしい。同じく立ち上がると、ジェドへ面と向かってこう言った。

「急な訪問だったのは認めます。他にご予定が入っているから、今は話を聞く気になれないというのなら、次に話ができる機会をここで待ちます」

「あ?」

ジェドが素の表情で秀麗な眉を寄せ、嫌悪感たっぷりに低い声を上げる。

ジェドが引き受けるまで説得するつもりなのだろう。断られたというのにエドモンドは堂々としていて、リズはコーマックたちと共に見ているしかない。

「お前は、うちの白獣が受け入れた元獣騎士候補とはいえ、非所属の軍人だ。ここで暮らし過ごしている戦闘獣で怪我をしないとは限らん」

ジェドが、エドモンドの胸を指先でつつきながら苛立った声で告げる。

「第一王子殿下の、唯一の専属騎士に何か怪我でもあったとしたら問題になる。お前につきっきりでかまっていられる程、獣騎士団に余裕のある人数はない」

「私は、あなた様を説得する覚悟で、殿下に相談してお時間をいただいてきました。陛下にも『伯爵の様子を見てきて』と言われまして、ついでにお土産リストも持たされました。この二つの使命を果たすまで帰れません」

「王宮はいったいどうなってんだよ。陛下も、相変わらずだな」

律儀にも『お土産リスト』を掲げたエドモンドに対して、ジェドが陛下にも見せられない顔でギリィッと苛々感をあらわにする。

なんだか珍しい感じのジェドだ。リズは、次々に交わされるそのやり取りを、ぽかんと見ていた。コーマックが額を押さえて「陛下……」と呻《うめ》いている。

獣騎士たちが、続いて発言するエドモンドへ視線を動かした。

「それだけ、ジェド団長が、特別に気にかけられている証拠でしょう。それに見たところ、そちらのお嬢さんは、時間があるように思いましたが？」

不意に名指しされて、リズは目を丸くした。

「え……。私、ですか？」

少し考えて、滞在中のお世話について指名を受けているのだと気づく。するとエドモンドが、リズへと向きなおってこう述べてきた。

「滞在の間、仕事に同行させていただいても？　私も元獣騎士候補、幼獣の世話なども一通り経験があります。必要であれば、使っていただいてかまいません」

「ええと、王子様の護衛騎士様に、雑用を手伝わせるのも申し訳ないですし」

「ここにいる間は、君の騎士様みたいに扱っていただいていいですよ。そばにいさせてくれたら、それでいいです」

ここに至るまでのことや、彼の真面目な性格を知らなかったとしたら、まるで好意でも寄せられていると勘違いしてしまいそうな台詞《せりふ》だ。

直後、ジェドの方からピキリと音が上がった。コーマックたちが「うわぁ……」と見ていると、不意に彼が低い声で言う。

「コーマック」

「は、はい！　なんでしょうか団長っ」

「お前が責任を持って対応にあたれ。至急次の用事を済ませたら、そっちにカルロを向かわせる」

有無を言わさず短くそう命令すると、ジェドは忙しいと言わんばかりに部屋を出ていった。

その機嫌の悪さを伝えるかのように、最後に扉がバンッと閉まった。

「なんだか団長様、いつも以上に機嫌が悪かったですね……。もしかして、悪いタイミングだったのでしょうか？」

ピリピリした感じがあって、少し気圧されてしまった。リズがようやくそう切り出すと、エドモンドが、正しく理解したと言わんばかりの表情になった。

「なるほど、合点がいきました」

そうつぶやいて顎をなでさする彼を、コーマックたちが信用度ゼロで見やる。

「タイミングが悪いところでの訪問になってしまったために、私の用件は断られてしまったわけですか」

「何を『理解しきった』みたいな顔をしているんですか、違いますよ」

コーマックが、嘘でしょと愕然とした顔で突っ込んだ。二番目の上司の言葉を皮切りに、部下の獣騎士たちも次から次へと言う。

「絶対に違うと思うぜ。急な訪問も含めて、いろいろとあんたが悪い」

「そもそも急を要さない案件じゃん」

「エドモンドさんの場合はさ、候補生の頃からずけずけと遠慮なくてすごいわ」

その時、獣騎士の一人が動いた。

「リズちゃん、ちょっと先に、部屋の外で待っててもらっていいか？」

「あ、はい。じゃあ先に出ていますね」

自分のような一般人には、聞かせられない話でもするのかもしれない。そう思ったリズは、すんなりと了承して先にいったん部屋を出た。

まったく疑わずに彼女が部屋から出ていく。扉がきちんと閉まるまでを見届けてから、コーマックたちはエドモンドに向きなおった。

「エドモンドさん、できれば、あまり団長を刺激しないでください」

コーマックが、真っ先にそう切り出した。

「はて。そんなことをした覚えはないのですが」

エドモンドは、かなり疲労感を漂わせている彼を見つめて首をかしげる。するとそんな副団長《上司》を気遣って、獣騎士の一人がこう続けた。

「実は、リズちゃんは団長の〝想い人〟なんだよ」

はっきりと言えなくて、やや口ごもる。彼らの一番の上司であるジェドは、想いを自覚したものの、まだ好きだとは伝えていない。そしてコーマックたちも、彼の口から直接教えられたわけではなかった。

素直じゃないお人なのだ。だから、余計に苦労する。ようやくエドモンドもそこに思い至ってくれたのか、生真面目な表情をやや崩した。

「もしかして、まさかですが——ジェド団長の片思いですか？」

「そのまさかです」

コーマックが吐息交じりに答えた。そばから獣騎士たちも、うんうんうなずいて肯定しエドモンドに教える。

「団長、当初からリズちゃんを気に入っている感じはあったんだけど、実のところ一目惚れだったみたいで」

「エドモンドさんは知っていると思いますけど、自覚してすぐに、あの団長が素直に告白できるはずもなく」

「俺らが、苦労に苦労を重ねているわけですよ」

別館側からやって来る職員たちは、リズにとって少し前の同僚たちだ。面倒を見てもらっていた先輩や元上司とあって、仲がいい。

しかしジェドは、それにもいちいちジェラシーを燃やしてピリピリするのである。

「なるほど。白獣に認められた領主の花嫁候補とあって、彼の相棒獣が教育係に選んで一番そばに置いた、とも考えられるわけですね」

「理解が早いようで助かります。僕らも、そのように推測していました」

そう答えながらコーマックは、とはいえ……とあることを思った。その心境を、部下の一人が代弁した。

「まぁ、リズちゃんの場合は、その前にトナーの相棒獣が、紙の上で採用を提案したっていう、ちょっと特殊な事情があるんだけどな」

「そうそう。全部の戦闘獣が、初めっからリズちゃんを受け入れている感じだった」

「それは珍しいですね。実際に本人を前にしなければ、彼らが感じる〝相性〟とやらもわからないものなのでは」

エドモンドは、獣騎士候補として学んだことから、少し不思議そうに尋ね返す。

「まぁ、普通はそうだよな。でも白獣が推薦して、それを団長が『俺は忙しいんだぞ』と言いながら勝手にしろと許可印を押して、リズちゃんはうちに来た」

「彼が、そのような行動に出るのも珍しいですね」

「それも偶然なんだよ。たまたまタイミングが悪くて、密猟団の件でバタバタしている時だったからじゃないかな」

「僕も、再確認するタイミングを逃していたんですよね……」

　思い出して、コーマックはちょっと申し訳なさそうな顔をする。

「密猟団といえばさ、カルロと外に出て山で幼獣を取り返した一件から、とくに戦闘獣たちは、リズちゃんを気にかけている感じでもあるよなー」

「そういえば、僕の相棒獣もカルロが不在だと見ていたりしますね」

「副団長の相棒獣が、よそを見にいくってのも珍しいっすよね」

「リズちゃんは戦闘員じゃないけど、一団員として改めて見なおした感じなんかな？」

　獣騎士たちが好き勝手にしゃべるのを眺めていたエドモンドが、そこで手を打って、コーマックたちの注目を自分へと集めた。

「ご安心を。私は極力、誤解されることも避けましょう。ようやく見つかったグレイソン伯爵のお相手とならば、両陛下もご安心される案件です」

　それを聞いたコーマックが、ようやく安心しきった顔をした。思わずといった様子で、がしりとエドモンドの手を両手で握る。

「エドモンドさんっ、ありがとうございます！」

「コーマック副団長は、ご苦労されているようですね」

「よかったっすね副団長！　これで、後はエドモンドさんの滞在中の、監視の仕事が増えるくらいで済みますね！」

うっ、と途端にコーマックが現実に引き戻された様子になった。

二番目の上司を、獣騎士たちが励ますのを眺めながらエドモンドは考えた。彼の疲労の原因の一つは、例の縁談話もあるだろう。

――しばらく世話になる身だ。ならば、ここは自分が気を利かせて、忙しい彼らを手助けしてやろうではないか。

今のところ貴族たちは、ジェドに意中の相手ができていることは知らない。陛下も心配して「よい娘はいないか？」と周りに言っているのが現状だ。

そうすると、やはりまずは陛下に伝えておくのが一番いい。

ひとまずは、縁談話を無理によこそうとしなくていい現状をお伝えしよう。もちろん、送った知らせを、途中で盗まれても大丈夫なよう工夫も必要だ。

エドモンドは、考えをまとめていく。

まだリズは婚約者になっていないから、危険が及ばないよう個人情報を伏せる。特別な位置にいる、グレイソン伯爵の名前も出さない方が懸命だろう。

少し考えたエドモンドは、両陛下になら伝わるであろう、すべての意味が詰まった完璧な短いメッセージを思いついた。

——だが彼は、自分の短縮文章がおかしい自覚はなく。

のちにエドモンドは、隙を見計らって伝達用の鷲に、こんな一筆をしたためて結んで飛ばした。

『彼、恋人できました☆』

◆§◆§◆

唐突な訪問者エドモンドは、しばらくここに滞在することになりそうだ。部屋の外で待っていたリズは、少ししてコーマックたちと合流し話を聞いた。

「エドモンドさん、一度決めたら頑としても貫き通すところあるからさ」

「はぁ、そうだったのですね……」

「それじゃ、俺らは外回りがあるから。がんばって」

獣騎士たちは、そう言って離れていった。彼らを見送った後、リズはコーマックから、その面倒見がてらの同行について改めて頼まれた。

「リズさんには申し訳ないのですが、団長は今日と明日は外出の予定も入っていまして。恐らくは最低でも二日は、エドモンドさんのお世話をお願いすることになるかと思います」

「えぇと、私はかまいません。ただ、あの、仕事以外の場所の案内とか……たとえば副団長様たちが使っている大浴場についていくのは、その、ちょっと」

リズは、ごにょごにょと言って少し顔を赤くした。

脱いだ獣騎士たちに遭遇したら、と考えると恥ずかしい。もう途中からコーマックの方を見ていられなかった。

「おや。初心な反の――もご」

「エドモンドさんは、ちょっと黙っていましょうかっ」

すっかり男所帯に慣れたと思っていたのだろう。真面目な感想を口にしようとしたエドモンドの口を、コーマックがすばやく押さえる。

「リズさん大丈夫ですっ、彼はここで獣騎士候補として研修経験も重ねていますから、内部に関してはしっかり把握されています」

そういえば、互いをよく知っているくらいにエドモンドはここに通っていた。でも獣騎士になった人ではないので、先程ジェドが口にしていたように、もし彼に怪我でもあったりしたら心配だ。

獣騎士たちは、外回りや相棒獣の世話と訓練でスケジュールが埋まっている。ここは自分が適任だろう。リズはお世話することを了承して、続いて確認した。

「泊まるお部屋は、どうされますか？」

「いつも彼が使っていた部屋がありますから、そちらの鍵を渡す予定です。……うん、リズさんの部屋から、できるだけ遠かったのは幸いでした」

エドモンドから手を離したコーマックが、なんだか胃の調子が悪そうな笑顔でそう言った。

リズはひとまずエドモンドを連れ、いったん本館を出て、予定通りのスケジュールで幼獣舎へと向かう。

他のみんなは忙しいので、自分がこの役目を任された。

――はずなのだが。

ちらりと横を見やると、エドモンドとリズの間にはコーマックの姿があった。

「私、もう一人でお仕事できますよ？」

もしかしたら心配に思ってくれているのかもしれない。そう思いながら尋ねてみると、案の定、コーマックからこんな回答が返ってきた。

「こちらで働き始めてから、まだ一ヶ月は経っていませんから。えっと、それにリズさんは、客人の対応は初めてですので……」

たしかに、相手は王子様の、専属の護衛騎士である。

なのでコーマックがいてくれるのは、心強くもあった。リズ自身、何か失礼をしてしまわないかと、少し心配に思っていたところでもあったのだ。

リズは、気にかけてついてきてくれている上司に、くすぐったい思いがした。あの鬼上司のジェドと違って、コーマックは本当に優しい理想の上司だ。

「ありがとうございます、副団長様」

しばらくの同行を申し訳ないと思いつつも、つい笑みがこぼれてしまって、スカートを大きく揺らして足取り軽く先頭を行った。

そうリズの中で評価が上がった一方、コーマックは実のところ内心泣いていた。二人きりにさせるな、というジェドの指示をくみ取ってのことだった。

「団長、素直に好きって言ってくれればいいのに、また仕事が一つ増えた……」

そのつぶやきを、エドモンドが拾って察した顔をした。

「苦労されているのですね」

「たぶん、僕が一番押しつけられていますね……。ピリピリした空気をまとった団長に、へたに失言して極寒の眼差しを受けたくないですから」

「なるほど。触らぬ神にたたりなし、ですね」

的を射た言葉である。しかしコーマックは一番の部下として、エドモンドの相づちに堂々と同意してはいけない気がして、苦笑いでごまかしていた。

そんなコーマックたちより十数歩先に、リズは幼獣舎へたどり着いた。

「静かね……お昼寝中かしら？」

寝ている可能性を考えて、そぉっと扉を開けてみる。

するとそこには、行儀よくお座りして待っている幼獣たちの姿があった。少し得意げな顔をして、大きな紫色《バイオレット》の瞳は濡《ぬ》れてきらきらしている。

「あら、私が来るのがわかって待っていたのね」

「みゅみゅーっ」

「みょん！」

どうりで幼獣舎が静かだと思った。チップが敷かれている巾に入りながら、リズがうれしくなって声をかけると、匂いと足音で察知していた幼獣たちも声を弾ませ答えてきた。

幼い白獣たちは、少女のリズが胸に抱えられる程の大きさだ。成獣と違って四肢は短く、ふっくらとした尻尾にころころと丸い体をしている。

白獣特有の、屋内であったとしても映える真っ白い毛並み。幼獣たちのつぶらな瞳は、彼らの特徴の一つとされている美しい紫色《バイオレット》だ。

「みんな、お利口さんね。待たせしてしまってごめんなさい」

一時的に端へ寄せていたブラッシング道具が入ったかごを移動する。途端に足元が賑やかになって、リズは微笑ましい気持ちになった。

獣騎士団で活躍している戦闘獣のイメージもなく、なんとも愛らしいもふもふな生き物である。

続いてコーマックとエドモンドが入ってきた。そちらを目にした幼獣たちのテンションが上がり、その一部がきゃっきゃ楽しげに駆け寄っていった。

足にふわふわアタックをされたエドモンドが、「おや」と目を向ける。

「相変わらずのおチビさんたちですね。君たち、元気にしていましたか」

「彼らは離乳がまだですからね。体の成長段階も、これからです」

「そういえばこのサイズだったなと、少々懐かしく思い出しました」

言いながら、エドモンドが一頭を両手で抱え上げる。

本当に大丈夫であるらしい。幼獣たちは彼に人見知りもせず、知っていると言わんばかりに、もふもふと飛び跳ねてアピールもしていた。

「実は、午前中のブラッシングがこれからなんですよ。体を綺麗にしてすぐ、急な来訪のご連絡を受けて幼獣舎を後にしましたから」

リズは、幼獣たちに受け入れられている様子に安心して、そう声をかけた。

するとエドモンドが、なるほどと深くうなずいて幼獣を下ろした。

「それは申し訳ないタイミングでした。ならば責任を持ってお手伝いましょう。殿下の元にいる幼獣の世話も、離乳までつきっきりで見ていた身です」

白獣は、相棒騎士を求める性質から獣騎士には牙をむかない。王宮では、預かった幼獣の世話でエドモンドが大活躍したようだ。

「殿下も、離乳されるまでの世話を手伝ってくれましたよ。自分に懐いて連れてきた幼獣なのだとおっしゃって、慣れない世話をがんばっておられました」

食事とブラッシングは、第一王子ニコラスも行っていたらしい。離乳してからはいっそう、熱心に世話をしながら大切に面倒を見ているのだとか。

他の人間には懐かないから、寝る時も一緒。そして王族の身であるのに、時間をかけて毎日丁寧にブラッシングまでしているのだ。

「殿下、すごくいい人なんですね」

ほっこりしてそう言うと、リズの視線を受けたエドモンドが、ちょっと考えるような間を置いた。

「まぁ、とても大切にされていますよ」

なんだか一拍置かれた間が気になった。けれどその疑問は、存在を主張して賑やかさを増した足元のもふもふたちの動きで終了になった。

なんだろうと思って目を向けてみると、ぴょんぴょん飛び跳ねている子もいる。リズと目が合うと、幼獣たちは喜んできゃっきゃと走り回り始めた。

「いつも見ない顔があるから、テンションが高いのかしら？」

「遊び相手が増えたと思っているのかもしれませんね」

そんなコーマックの言葉に、リズは、自分が世話係になったばかりの頃を思い出した。思えば、彼だけもふもふアタックをされていない現状だ。

つまりエドモンドさんも、私のように同レベルに思われている……？

「それじゃあ、三人でブラッシングにあたりましょうか」

コーマックが、獣騎士の特徴的なロングジャケットの軍服の袖をまくる。声をかけられたリズは、少し遅れてそれに気づいた。

「あっ、はい。なんか手伝わせることになってしまって、すみません」

「いえいえ、いいんですよ。待たせていたこの子たちにも、申し訳ないですし」

「エドモンドさんの分のブラシ道具は、予備の方で大丈夫でしょうか？　メインで使っている物の方が大きいのですが」

「それはリズさんが使ってください。僕らは、予備の小さい方で問題ありませんから」

そう話がされる中、幼獣たちが、またしてもリズを取られたと言いたげにしゅんとした。気づいたエドモンドが、それを横目に見やって顎をなでた。

「なるほど。やきもちですか。これもまた、悪いことをしましたね」

彼が口の中でこっそり思案をこぼした時、リズとコーマックが話を終えたタイミングで、幼獣たちの奥から一つの愛らしい声が上がった。

「みゅんっ」

一頭の幼獣が、仲間たちを落ち着けるように一声鳴いて前に躍り出た。ぴょーんっと華麗にジャンプすると、したっと短い四肢で着地を決める。

「みゅ、みょみょ、んん」

もふもふな丸い胸を張った幼獣が、何やらしゃべるかのように鳴く。もふもふなちっさい体で「ふっ」と、凛々《りり》しい笑みを口元に浮かべて決めてみせた。

——でも、それはリズにとって、ただただかわいすぎるだけだった。

お兄ちゃんぶっている様子がかわいい。リズは、口元を手で押さえてもだえていた。

言葉も出ない彼女のそばで、またエドモンドがうなずいてコーマックに言う。

「よい成長をされているみたいですね。以前見た際には、やや危なっかしい歩き方でしたが、今は体幹もしっかりしているようだ」

「リズさんの世話が、いいおかげです。カルロと揃って、最近は少し距離を伸ばして散歩に連れ出してくれてもいますよ」

成長を見ながら、ご飯も散歩量も調整していく。それを日々、世話をしながら感じ取って、本当のママみたいに自然とやってのけているのだ。

「だから僕らも、すっかりリズさんに安心して幼獣のすべてを一任しているんです」

「そうでしたか。獣騎士団が誇る世話係だったのですね」

コーマックから耳打ちされた彼が、ふと思い出す顔をした。

「そういえば、カルロと呼ばれているジェド団長の相棒獣ですか。先程入館する際、遠目から、なぜかバッチリ睨まれました」

「あー……カルロは、その、普段からあんな感じなんですよ」

コーマックたちが話している間にも、別の一頭が新たに出てきていた。

先程の幼獣と一緒になって、仲間たちに「みゃん」「みょ」と何やら言い聞かせだした。一心に聞く幼獣たちは、ずっと感心しきった表情だ。

「ふふっ、何を話しているのかしら」

リズは、幼獣たちのその様子に、とても癒やされてふにゃりと微笑む。

少しもしないうちに、話し合い（？）は終了したらしい。

彼らは、何やら計画でも立てたのか、みんなでもふもふな顔を見つめ合って一つうなずく。それをのほほんと見ていたリズは、ハタとした。

「ん？　あなたたち、みんな揃っていったいどうしたの？」

好奇心たっぷりな目を、幼獣たちへと向けたのだ。

と思ったその直後、目の前で幼獣たちがエドモンドへとジャンプした。一斉に飛びかかられたエドモンドが、白いもふもふに埋もれて後ろへひっくり返る。

「うわあああっ、エドモンドさん⁉」

つい反射的によけたコーマックが、事態を察して叫んだ。

「ちょ、君たち何をやっているんですかっ」

「みゅみゅっ、みゅん！」

エドモンドに乗った幼獣たちが、自分たちの方が上！とでも言うかのように、どーんっと胸を張った。

みんなして、すっかり彼に打ち勝った雰囲気で誇らしげだ。エドモンドが気遣って力を抜いたから、ひっくり返ったことにも気づいていない。

――威厳どころか、まったくもってかわいさしかない。

「なんってかわいいのかしら……！」

リズは、感極まって両手を胸の前で組み合わせた。これまで見たこともないくらいのイイ笑顔でもだえる。

そんな彼女に、ややあってからコーマックが遠慮がちに声をかけた。

「リズさん、すみません。エドモンドさんが下敷きになってしまって動けないでいるので、一緒に助け起こしましょう」

「あっ、そうでした」

我に返ったリズは、コーマックと共に幼獣たちを一頭ずつどかしていった。救出をじっと待っていたエドモンドが、ようやく身を起こした。

「君が、どれほど〝幼獣たちのママ〟なのか、よくわかりました」

「うっ、すみません……」

「いいことですよ。私も預かっている幼獣の世話を、パパ気分でやっています」

軍服の肩部分についたチップを、手で払いながらエドモンドが言った。

パパ気分……なんだかかわいらしい言い方だ。そっか、私がママなら、獣騎士の人たちは、いつもパパみたいな気持ちで世話をしているのね。

彼に対して、リズは一気に親近感を覚えた。一頭を呼んで抱き上げると、そのもふもふとした温かさを覚えながら、にこにことエドモンドに見せて教える。

「みんなの中から飛び出してきたこの子、実は先週、誘拐された子なんです。もう一頭の子もそうで。あの一件から二頭とも、すっかりお兄ちゃんぽくなったんです」

最近は、とくにやんちゃさが目立ってきた。先程のもう一頭とタッグを組んで、他の幼獣たちを引っ張っていくようになっている感じがある。

ふうん、とエドモンドがゆっくり首をかしげた。

「よく見分けがつきますね」

たくさんの幼獣を指差されて言われ、リズはきょとんと小首をかしげ返す。

「毎日見ているんですから、当然わかりますよ。みんな、顔も違っているでしょう？」

「……顔、ですか」

エドモンドは真剣に考えたのち、珍しく困って沈黙する。

彼女なら、幼獣を全頭見分けてニックネームまでつけてしまえそうだ。そう思ったコーマックは、それとなく話を変える方向で声をかけた。

「えっと、それではブラッシングをしましょうか」

そう彼は、ここに来て二度目の台詞を口にした。

◆§◆§◆

それから二日間、リズはエドモンドを自分の仕事に同行させた。

王宮で幼獣の面倒を見ているとあって、エドモンドは世話も上手だった。獣騎士候補として何度も通っていた経験から、幼獣舎での世話の流れも把握しているのでスムーズに仕事を手伝ってくれた。

――ただ、幼獣たちは、リズの時と違って彼に遠慮がなかった。

かなり好き勝手に、もふもふアタックをしたりした。結構鍛えられているのか、力を入れていると倒れもしない彼の背中に飛びついたりもする。

世話をするのが、リズじゃないことへの不満もあったらしい。一緒に座ってエドモンドがタオルで顔を拭うと、その顔に足を踏ん張って「みょううぅ」と抵抗した。

「やんちゃですね」

そんな幼獣たちにまったく動じていない様子に、リズはかえって感心した。エドモンドは、だだをこねる幼獣を相手にてきぱきと丁寧に世話を焼いた。

「リズさんのように、大きな戦闘獣の世話はさせてもらえませんでした。受け入れてくれたとはいえ、すぐに接触できるものでもないのです」

少しずつ警戒を解いていってもらう。それが獣騎士の、第一歩であるという。

「ですから、あのような大型級の白獣の〝教育係〟を無事に務め上げたことを、私はとても尊敬しています」

「うっ、私の場合、そこまで褒められる程でもないというか……」

「褒められるべきことですよ。そして、自分でも誇らしく思っていい。彼の活躍は現に、とても団長を助け、その存在を外にも次第に知らしめています」

ジェドの活躍ぶりは、今や近隣の土地だけではない。応援要請を受けるとカルロに騎獣して、どの獣騎士よりも速く空を駆けた。そして、あっという間に現場入りし戦力にもなった。

先日も、たまたま救難要請をキャッチし、すぐに行動を起こして一般人の救助活動に加わった。その一件で、大きな町の町長と領主から感謝状が届けられていた。

「カルロも、すごく成長しているんだと思います」

細かい経緯は知らない。でも、カルロが持ち前の賢さもいかして、うまくサポートしているのだろうと、リズはいつもそんなふうに想像するのだ。

幼獣の世話の他、エドモンドは騎士のごとく、重い物を持ったりリズの代わりに労働を負担したりした。

「ここにいる間は、君の騎士と思ってくだされぱいい」

そんな台詞を、真顔で言われた時は恥ずかしかった。まるで騎士を従えているお姫様みたいなことを、男性に言われた経験はない。

「ああ、他意はありませんよ。ですから落ち着いてください」

「エドモンドさんは、私の心でも読めるのでしょうか」

「いえ。リズさんは意外と顔に出るようで。それに誤解されては大変だと思いまして」

「はぁ……誤解、ですか？」

直後、後ろから頭を押さえられて、リズは「ふぎゃっ」と声を上げてしまった。

「おい、何頬を赤らめているんだ」

そこにいたのは、不機嫌な顔をしたジェドだった。

「だ、団長様？　あの、いえ、別になんでもないんです……あれ？　お出かけの用事が二件あったのでは」

「今から残りの一件をやってくる。あまりエドモンドといちゃいちゃするなよ」

「してませんよ！　何言ってるんですかっ」

ジェドは、エドモンドが来てから、ずっと苛々しているようだった。仕事が重なって多忙のせいもあるのだろう。

そう思って納得するリズの後ろで、別々の方向から目撃していたコーマックや獣騎士たちが、揃って『違います』という顔をしていた。それをエドモンドが冷静に眺めたりした。

カルロに関しては、初日の顔合わせから数時間後、彼と対面となった。

彼は、白獣の特徴である美しい紫色《バイオレット》の目で見下ろすなり『面倒くせーことになってんな』みたいな顔をした。

「ジェド団長の相棒獣は、表情豊かな白獣ですね」

フォローの言葉を探したリズの横で、エドモンドがそう感想を述べた。カルロは一緒にいると、間に割って入って彼を「しっしっ」とやったりしていた。

――エドモンドが急きょ加わったからといって、リズの日常が大きく変わってしまうことはなかった。

そうしている間に、一日目と二日目が過ぎて、三日目も平和に終わった。

次にジェドが話す時間を設けてくれるまで、何も問題なく過ぎるのだろう。リズだけでなく、コーマックや他の獣騎士たちもそう思っていた。

――のだが。

四日目の朝、エドモンドが初日に、人知れず出していたとある知らせが起因して、問題が勃発した。

◆§◆§◆

「陛下から『王宮に来ないか』と、じきじきに手紙がきた」

先日のエドモンド訪問時のメンバーが揃うなり、ジェドがそう切り出した。

獣騎士団長の執務室は凍えきっている。向かいのソファにはエドモンド、そこに向き合ったジェドは、今にも槍や雷でも落としそうな重々しい空気を放っていた。

――いったい、何があったというのだろうか。

これまで見たこともないブチ切れ状態である。リズだけでなく、突然呼び出されたコーマックたちも、今にも引きつりそうな口元をこらえて待機姿勢だ。

コチ、コチ、……しばし時計の秒針が動く音が続いた。

ジェドは黙ったままだ。向かいにいるエドモンドも、自分に理由があるとはまったく思っていない顔で続く言葉を待っている。

「えっと……このタイミングで国王陛下から手紙、ですか」

続く沈黙に耐えられなくなった一同の視線を受け、コーマックが自分の役目かと察して、胃痛に悩まされている顔でそう切り出した。

「その、エドモンドさんの休暇を正式に受理したのは、恐らくは陛下ですよね。ええと、彼の申し出の後押しのお手紙とすると、昨日の今日で早い到着だなぁ、と」

「ニコラスと、来訪してきたエドモンドの用件とはまったく別だ」

「え。別？」

「ついでに公務の一つに参加しないかと、提案はされているがな」

悪党面の笑みですごんだジェドが、怨念でも込めるかのような声で言った。コーマックと獣騎士たちが、嫌な予感を覚えた顔で目線をエドモンドへと移動する。

リズとしても、てっきり一人息子である第一王子ニコラスに関することだと思っていた。なら、今回の陛下の用件は、なんなのだろう？

そう思っていると、ジェドの目がこちらに向いた。

「ひぇっ。あ、いえ、その、なんで機嫌が悪いのでしょうか……？」

じーっと見つめられたリズは、うっかりこぼれてしまった悲鳴をごまかすようにそう尋ねた。

誰もが、今の今まで問えないでいた言葉だ。すると、それを待っていたと言わんばかりに、ジェドの美しい顔にフッと冷笑が浮かんだ。

「陛下の手紙によると、何やら『この俺が、女性を連れてくるかもしれないから、そ・れ・を・と・く・に・楽・し・み・に・し・て・い・る』らしい」

「女性？」

教えられた手紙の要約は、思ってもいなかった内容でリズは小首をかしげた。そのそばでコーマックたちが「え」と戸惑う空気を漂わせる。

直後、ジェドがギロリとエドモンドへ視線を戻した。

「おい。お前、こっちへ来て様子を知らせたんだろう。その際に、いったい、陛下になんと書いて送った？」

ジェドは、心底ブチ切れの目を向けている。

睨みつけられたエドモンドは、リズを横目に確認する。そし、ひとまず恋事情を知る者だけ伝わるよう、自分が気を利かせた一件について報告した。

「私は陛下へ、『恋人の一人でもご同行されたら安心ですよね』、という感じの言葉を、短い文章の中に秘めさせたメッセージを送りました」

それを聞いた途端、獣騎士たちがどよめいた。嫌な予感がいよいよ現実になってきたと、ある者は一歩後退してよろめき、ある者は頭を抱えて呻く。

「なんつー余計なことを……っ」

「あんた、自分の文章の破壊力をわかってねぇよ……！」

「何がですか？　君たち、どうかしたんですか」

「俺らの反応を、まるで奇妙な生き物みたく見るのやめてっ。エドモンドさんって、あのお馬鹿な殿下並みにトラブルしか起こさないんだよっ」

その時、部下たちの発言を聞いていたコーマックが、青い顔でエドモンドの方へふらりと一歩踏み出した。

「それ、絶対、ストレートに受け取られたらまずいことを書いたんですよね？　それで陛下は、団長に恋人がいると誤解したのではないですか？」

そう確認する彼は、手紙の内容を察して今にも卒倒しそうな顔だった。

するとジェドが、間髪を入れず苦々しげな表情で「ああ」とうなずいて答えた。

「そうだ。陛下は、グレインベルトの領主であるこの俺に、恋人ができたと誤解して、それもあって登城を促してきている」

獣騎士団をとりまとめているグレイソン伯爵は、白獣の生息地であるグレインベルトの領主としても、早く妻を迎えて後継者をと期待されている。

そんな中で恋人ができたなんて言われたら、——急ぎで手紙を送ってくるくらいに国王は喜んだのだろう。

「な、なんでそんなことになっているんですか」

察したリズも、スケールが大きすぎる一件に目眩《めまい》を覚えた。エドモンドがジェドに送ってきた手紙の文面のようなものを、彼はこともあろうに国王へ送り、そして誤解されたのだ。

国王の用件は〝恋人を連れてきなさい〟というものであるようだ。

だが、恋人なんていないのだから、その希望を叶えるのは無理だ。ジェドがここまで怒っているとなると、よほど今回の手紙は登城を断るのが難しい内容なのか。

「でも本当に、どうしてそんな誤解につながる文章になったのかしら……」

リズはつぶやいて首をひねる。気を利かせたつもりのエドモンドが、堂々と胸を張って座っているのを見て、ジェドは素の表情で「チィッ」と舌打ちした。

——ほんと余計なことしやがって。

ジェドの横顔は、そうありありと語っていた。自分たちが彼に釘を刺したせいだと知られたらと考えると、コーマックたちは黙っているしかない。

その時、エドモンドが名案を思いついた顔をした。

（ここは、ジェド団長のためにも、私が一役買ってやりましょう）

コーマックたちにそう目配せする。彼らが「え」という顔をしたのを見て、以心伝心したと取ったエドモンドは、キリリとした表情でうなずき伝える。

（お任せください）

（やめろ余計にこじらせる）

エドモンドから最終通告を目で送られた途端、獣騎士たちがジェドとリズが見えない位置から『ダメ』とジェスチャーも交えて伝える。

（頼みますから、もう何もしないでください）

コーマックも、口パクで必死に伝えていた。しかし、思い立ったら即行動な男なエドモンドは、まったく気持ちを読み取るに至らずジェドへと向いた。

「ジェド団長。これはある意味、よい機会かと」

「あ？」

唐突に話を振られたジェドが、柄の悪い声を出して見つめ返す。状況をチャンスに変えて気を利かせた――と思っているエドモンドは自信を持って続ける。

「今回の、殿下が預かっている幼獣の件です」

「またそれか。さすがにぶちのめすぞ、エドモンド。ここで自分の要求を押し通そうとしてくるとは、俺の手にかかって死にたいらしいな」

「誤解です、ジェド団長。たとえば『未来の婚約者を連れていく』と言えば、まさか調査だと疑われません。そして相棒獣を得てから一気にうるさくなり出している貴族たちも静かにできます。つまり一石二鳥です」

腰の剣の柄に手をかけたジェドが、手振りを交えたエドモンドの言葉を聞いて、ぴたりと落ち着きを取り戻す。

リズは、鬼上司の気迫にも物怖じしないエドモンドに唖然とした。そもそも国王の勘違いも彼のせいなのだが、それほどまで幼獣の件を調査して欲しいのか。

――けれど、たしかにエドモンドの提案は文句なしだ。

第一王子が預かっている幼獣の件を、滞在も疑われずに調査できる。それでいて縁談関係も含んでいる大量の手紙が届いている現状も、ほぼ解決する。

でも、そこには、まず大きな問題が一つ。

「……そうするとしたら、恋人役が必要よね」

いったい誰が、未来の婚約者のふりをしてジェドと登城するのか。そもそもの問題としては、騙《だま》す相手が国王、というのがある。

その時、リズは一同の視線が自分に集まっていることに気づいた。

――ここで〝団員〟の女性は、自分一人。

相棒獣のカルロだって平気。それでいて、ジェドが鬼上司な本性を隠している事情も、獣騎士団の仲間の一人として知っている。

「ま、まさか……私に団長様の〝未来の婚約者〟のふりをしろとか、言わないですよね……？」

そう察してリズの口元が引きつった。こんな平凡な自分が、彼の恋人役として王宮に行くとか絶対無理だ。考えただけで、緊張で心臓がぎゅっと縮こまる。

リズと同じくして、全員の目がジェドへ向いた。

「たしかに未来の婚約者とした方が、説得力もある――いい案だな」

つい直前までの不機嫌さはどこへいったのか、彼は冷静に思案する顔で顎をなでさすってつぶやく。

これは使えるな、とすでに決めたような表情だ。リズは「ひぇぇ」と震え上がった。

「だ、団長様、いっときとはいえ、さすがに国王をあざむく行為は危険ではないでしょうかっ。も、もしバレて、何かあったらまずいと思いますし」

「まずは、このいっときをしのげばいいんだろ」

慌てて意見したものの、ジェドから自信のあるいつもの不敵な笑みを向けられて一蹴されてしまう。

「いっときしのぐって、相手はこの国の王様なんですよ？　そんな簡単な話では――」

「俺とて、しばらく預けていた幼獣のことが気になっている」

「え？　あ、そうだったんですか……？」

唐突にそんな話を振られて、素直なリズは聞き入る。

「この前、密猟団が集まった件があったばかりだしな。未来の婚約者の顔を見せにいく、というプライベートな王都滞在であれば、調査も警戒されずに進められるだろうと、そう考えたまでだ」

なるほど、どうやら幼獣の心配もあってのことだったらしい。密猟団に幼獣が二頭誘拐されてしまった一件は、リズの中にもまだ鮮明に残っていた。

王宮にいる幼獣が、同じ目に遭ってしまうようなことがあっては、ダメだ。

そう考えている間も、ジェドが黙ったままじっと見つめてくる。

まるで思考を全部見透かすような、強くて美しいブルーの目だ。次の反応を待たれているような緊張感を覚えて、途端にリズは落ち着かなくなる。

「ええと、この現状解決と調査のしやすさを考えれば、メリットがあるのはわかります。ですが、そうしてまで登城するのもリスクがあるかと思いますし……その、幼獣の調査については、別の理由を考えて向かった方がよいかと」

見つめられている緊張から逃れたくて、リズは迷いながら意見を述べた。

王侯貴族が相手だ。その状況下での恋人役だと、ますます厳しい気がした。自分は平凡で、これといって人目も引かない地味な女の子であるのだ。

「これが一番いい機会だ。貴族共をいったん黙らせられる」

こちらの迷いなど払いのけるように、ジェドのしっかりとした声が、うつむきかけたリズの耳に入ってきた。

ぱっと顔を上げると、こちらを見すえているジェドがいる。

「でも、あの、もし団長様が、いざ奥様を迎えるためにご結婚を考えることになったとして、その婚活に支障が出るとかは——」

「支障なんて出ない」

強く言葉を遮られた。

それもそうだ、そう断言できるくらい彼の場合は大丈夫だろう。でもリズの方は、今のコーマックの現状と同じく確実に影響が出そう。

「手紙の八割方が、会の出席や参加も促していて、いちいち返事を書かなければならないものだ。これが実にうっとうしい」

「うっとうしいって……そもそも私、偽物の恋人として王都の人たちに顔が知られて、大丈夫なんでしょうか?」

「心配するな、俺がなんとかする。幼獣をそろそろ連れて帰るか否か、陛下からもたびたび相談が届いていた。いい機会だ、その見極めもしようと思う」

そのやり取りを、エドモンドは冷静に見守っている。はらはらしているコーマックたちが、続いてはリズへと視線を移した。

「ほ、本当に、その作戦で登城するつもりなんですか?」

すでに彼の中で決まってしまっているようだとわかって、願わくば考えなおして欲しい思いで確認する。

「今の俺にとっては、メリットしかない」

しっかりとリズの目を見つめて、ジェドが強く告げてきた。

ここ数日の不機嫌っぷりは、大量に届いている手紙が原因だったようだ。返事をしたためるのはたしかに大変だろうし、仕分けを手伝っている身としても早く収束して欲しい気持ちはよくわかる。

でも王都で〝彼の未来の婚約者〟を演じるだなんて……。

「そういえば団長様は、ご両親様とピリピリされているんですよね？　だから王都には行かないんじゃなかったんですか？」

ふと思い出して尋ねたリズに、ジェドは余裕綽々《しゃくしゃく》で答える。

「恋人を連れて行くと言えば、あっさり宿泊の協力も受けてくれるだろう。王都の別邸も広いからな、カルロも問題なく過ごせる」

ジェドが右腕のコーマックを隣に呼び、男たちの話し合いが始まった。それでは王宮に手紙で知らせを……日程は……エドモンドや獣騎士たちも交えて、とんとん話が決まっていく。

そして、リズが口を挟む隙がないまま、新たな任務が決定した。

――ジェドの恋人役で、ゆくゆくは婚約者ですというふりをすること。

「わ、私に、それがこなせるとは思えない……」

その大役に、リズは涙目でか細い声を漏らした。

そして後日、日程を知らせる返事があって、リズはジェドやカルロと共に王都へ行くことが決まってしまったのだった。

二章　新米獣騎士団員リズ、王都へ！

出発の当日、リズは緊張しっぱなしだった。

王都にいる間は、恋人のふりをして過ごすこと。ゆくゆくは婚約する女性……内定済みみたいなものだから婚約者として振る舞う……。

最終確認をジェドたちと済ませた後、その設定を何度も頭の中に刻み込むようにぶつぶつと繰り返した。

「リズさん、落ち着いてください。深呼吸です」

「それ、前にも聞いた気がします……で、でも、も、もしもバレたら」

「団長がなんとかしますから大丈夫ですっ。先程もお話しましたが、獣騎士団の団員でもありますから服はそのままで大丈夫です。出会いの経緯についても、カルロがそばにいれば詮索してくる貴族もないかと――」

おろおろと心配したコーマックの話も、耳を素通りしていく。

団長様のお相手の女性のふり、だなんて、私に務まるのだろうか……？

第一王子ニコラスの専属の護衛騎士であるエドモンドは、先日、正規のルートで戻るべく獣騎士団を出発していっていた。リズたちとは、数日遅れで王宮に到着する予定だ。

外でコーマックに励まされていると、準備を済ませたジェドがカルロに乗ってやって来た。他の獣騎士たちが、相棒獣と共に見送りに出ている。

「さて、行くか」

カルロに騎獣したジェドに、あたり前のように手を差し出される。

先日の幼獣さらいの騒ぎがあってから、彼はよくリズに手を差し伸べた。思い返せば時々、気遣っているみたいに優しい時があって——。

「なんだ、まだ慣れないのか？」

「えっ？——あ」

不意に抱き上げられて、気づけば彼の前に座らされていた。じっと見つめていたジェドの明るい青い目が、今、リズのすぐそばで不敵に笑っている。

触れているところから温かい体温が伝わってきて、たったそれだけでどうしてかドキドキしてしまった。

カルロが「ふんっ」と鼻を鳴らした。まるでやれやれと言わんばかりのように思えた直後、カルロは唐突に急上昇し空を駆けた。

強い風を感じたリズは、ジェドに支えられ、そのまま大空を駆けるカルロと共に獣騎士団を出発した。

◆§◆§◆

午前中の日差しが、明るく照らし出しているウェルキンス王国の王都。

獣騎士団を出発してから数時間、リズとジェドを騎獣させたカルロが、王宮の上空へ到着した。

超上空、その上スピード飛行だ。しかし、ようやく降下して視界が開けた時、リズは飛び込んできた大都会の街並みに「わぁっ」と弾む声を上げてしまった。

「すごいっ、これが王都……！」

一面に広がっていたのは、大小様々な建物群だった。盛観な貴族屋敷、何かの専門機関の施設なのか聖職関連の施設なのかもわからない大きな建築物。

そして、そこに圧倒的な存在感を放って建つのは、広い国土と貿易力でも知られているウェルキンス王国の王城だった。先端まで繊細につくり込まれたいくつもの尖塔《せんとう》。白の大理石と、装飾が施された王宮は美しい。

思わず身を乗り出したリズを、ジェドがやんわりと抱えなおして、カルロをそちらへと向かわせる。

「何度も増築が繰り返されて、今の形になっている。多くの歴史が残された、現存している我が国の城の中でもっとも古いものだ」

ジェトの説明に、王宮自体が王都の遺産みたいなものなのかとリズは思う。

先に知らせが出されていたこともあって、到着を待たれていたようだ。カルロが合図を送るように王宮上空を旋回すると、下でにわかに騒がしさが増した。

「獣騎士団長、グレイソン伯爵の到着！」

「戦闘獣がご同行されているぞ！」

「下がれ下がれっ、場所を空けんか！」

瞬く間に、ちょっとした大騒ぎになる。それから程なくして、騎士の一人が大きく旗を振って合図を返してきた。

獣騎士は、相棒獣と魔力でつながり意思疎通ができる。ジェドが何かしら指示したのか、ふっと笑みを浮かべた彼にカルロが一つうなずいて応え、下降した。

大注目の中、カルロが広々とした王宮の前門庭園へ、大きな白い体を見せつけるかのようにして降り立った。

「グレイソン伯爵、いえ獣騎士団長殿！　お待ちしておりました！」

「出迎えご苦労」

やや距離を置いて敬礼を取った警備部隊へ、ジェドが慣れたように答える。その優美な姿に見とれているのか、ぽーっと見ている騎士の姿もあった。

「殿下の方は今、大丈夫か？」

「はっ。すでに殿下は、お部屋でお待ちです。すぐにそちらへ案内せよと、陛下からも命令を受けております。どうぞ、こちらへ」

離れた位置から、答えた騎士の一人が案内をする。

ジェドが、カルロをそちらへ歩かせた。騎獣したまま移動を開始されたリズは、再び揺れだすと同時に、後ろから支えるように抱きしめられてドキリとした。

「な、なんでカルロに乗ったまま移動するんですかっ」

地上に降りた途端、この距離感がじわじわと恥ずかしくなってきた。

「獣騎士団の到着の時は、大抵そうだ。騎獣している方が、白獣が〝完全制御〟されていると安心される」

「ひぇ。あ、あの、騎獣の理由はわかりました！　でも耳元でしゃべらないでくださいっ」

抱きしめる彼になんだか甘い声で問われて、リズは顔が熱くなった。

「どうして?」

「どっ、どうしてって、それは」

なんだか甘い空気が出ていないだろうかと考えたところで、ハッと思い出す。

そうだ、今は恋人のふりをしているところなのだ。それならば、この状況にもうなずける。でも初心なリズは、正直もうこの時点でいっぱいいっぱいだった。

「だ、団長様、みんなが見ています」

視線を覚えた場所を確認して、リズはかぁっと頬を紅潮させて言った。向こうから見ている者たちもまた、同じような表情を浮かべていたからだ。

「そんなの、見せつけておけばいい」

彼は甚だしく満足げに、リズの腹の前でゆっくりと手を組んでささやく。

ふりだとわかっていても、リズはますます顔に熱が集まるのを止められない。その恥ずかしがりようは、見ている者たちも頬を染める程だった。

そのまま、少し離れた騎士の案内で大注目の中を進んだ。人けのない廊下へ出ると、リズの顔の火照りもどうにか引いた。

「こちらです。どうぞ」

到着を告げた騎士が、そこにある大きな扉を開けた。カルロが広々とした部屋へ入るのを見届けると、後ろで扉が閉まる。

リズは、ジェドに手を取られてカルロから降りた。人払いがされているのか、高価な調度品が置かれた室内は静まり返っていた。

「団長様、ここは……？」

「ニコラスの私室の一つだ。カルロ、ついてこい」

自然とリズの腰を引き寄せて、エスコートしながらジェドが声をかける。一つうなずいて応えると、カルロがその後から続く。

広い部屋を奥へと進むと、もう一つ扉があった。ジェドが入室許可を求めてノックすると、向こうから元気な高い少年の声が上がった。

「入ってよいぞ！」

恐らくは、部屋の主である第一王子だろう。リズが緊張する中、ジェドが落ち着いたまま「それでは失礼する」と答えて扉を開けた。

そこで待っていたのは、華奢な一人の美少年だった。同じ柄のクッションも置かれた、金の刺繍《ししゅう》がされたアンティーク風の三人掛けソファに座っていた。

「おぉっ、それがお前の相棒獣か！　すごく大きいな！」

好奇心いっぱいな、大きなカナリア色の瞳。やや長めの髪は見事な金髪で、開いた窓からの光できらきらとしている。

——この国の第一王子、十一歳のニコラス・フィン・ウェルキンス。

容姿は幼くてとっつきにくさはないが、凝った王族衣装が似合う程気品にあふれた美少年だった。

まさに少年王子といった感じだ。まさか庶民の身で対面が叶うとは思っていなかったリズは、ふと彼が胸に抱えている白いもふもふへ目が向いた。

「あっ、幼獣……」

思わずつぶやいた声を、ぱっと口を押さえて隠した。ふわふわの高級クッションを抱きしめているなと思っていたら、それは一回り大きな幼獣だったのだ。

顔つきが、獣騎士団にいる幼獣たちより少しお兄ちゃんっぽい。紫色《バイオレット》の目がきゅるんっとリズを捉えていて、とてもリラックスした様子だった。

「本当に懐いているんですね」

こそっとささやくと、ジェドがあちらを見つめたまま不敵に笑った。

「お前に対しても、警戒心はまったくないな」

たしかに、あの子とは初めて会ったのに不思議だ。幼獣の大きな目に、次第にわくわくとした輝きが宿っているのは、カルロがいるせいだろうか？

リズがちらりと目を向けると、カルロが〝お座り〟した。

その時、目の前まできたジェドにニコラスが、にこーっと笑いかけてこう言った。

「うむっ、会いたかったぞ俺の大親友よ！」

なんだか一気に元気な花が咲くみたいな、明るい印象を覚えた。親友扱いされているとは聞いていたのだけれど、うれしさのためか『大』親友になっている。

王侯貴族的な挨拶もすっとばした第一声に、リズはちょっと拍子抜けした。ジェドは、テンションも上がらない顔で「ははっ」と上辺の笑みで応える。

「殿下は、相変わらずですね」

「なんだよー、恋人の前だからって、敬語にしなくともよいのだぞ？　むふふっ、相変わらず律儀な奴め！」

やたらテンションが高い王子様だ。律儀という評価も聞き慣れなくて、リズはつい胡乱《うろん》な目でジェドを見た。カルロも同じ反応をする。

返答を聞き届けたジェドが、相手の立場から抑え気味にイラッとした感を放った。

「状況に応じて敬語は必要なんだよ、ニコラス」

そんな年上貴族からのアドバイスを、聞いているのかいないのか。続いてニコラスの目が、パッとリズへ向けられた。

「堅苦しいのはなしでいいぞ、未来の婚約者殿！　俺はニコラス・フィン・ウェルキンス。ジェドの大親友である！」

そう自己紹介されたリズは、またしても大親友と述べた彼へ、ぎこちなくスカートをつまんで挨拶を返した。

「はじめまして。私は、リズ・エルマーです」

「前に、ジェドから手紙が届いたので知っているぞ。獣騎士団の久しぶりの新人かと思っていたら、なんとまさかの〝恋人〟であったとはな！」

ニコラスが、元気いっぱいといった調子で満足な笑い声を響かせる。

いったいどういうふうに説明したのだろうか。ちらりと見上げてみると、ジェドは先程と違ってにこにこしていた。

「ふふふ、そしてっ、これがお前の相棒獣だな！」

テンションハイのまま、続いてニコラスがカルロを見た。胸に抱っこされたままの幼獣が、ソファの上で一緒に揺られて楽しそうにしている。

「すごく大きいぞ！　なんとかっこいい白獣なのだ！　父上も母上も、ようやく相棒獣を得ただけでなく、恋人もできたとあって、めでたいことだと言っていた。結婚はいつだ？」

「ニコラス、正式な婚約はこれからだ。彼女は貴族籍ではないので、お前も知っての通りいろいろとある」

「お前にしては控えめな発言だな、それくらいに好きなのか！」

なるほどと勝手に納得したニコラスが、大満足で一つうなずく。

「堂々と婚約者を名乗っていいぞ。ジェドがそこまで好いている女だ、もはや未来の妻も同然っ、そう名乗ることを、この俺が許す！」

「はっはっは、それはありがたい」

にこっとジェドが営業スマイルで応えた。

どうやら、その発言を取るために誘導したようだ。法的には婚約者ではないのだから、バレた時のリスクを考えると大丈夫なのかしらと不安になる。

「婚約者リズよ。そんな不安な顔をせずとも、大丈夫だぞ」

「えっ。あ、私、まだ正式に婚約者では――」

「白獣は、我が国の守り神だ。それに選ばれた戦士は、勇者にして聖なる騎士といわれるくらい一目置かれている。白獣に認められたお前を、グレイソン伯爵家にふさわしくない女だと言う人間は、ここにはいないだろうさ」

ニコラスの話に、リズは大きな赤紫色《グレープガーネット》の目を瞬《しばた》いた。

「聖なる騎士……？」

「ふむ、地方では耳にするのも少ないのか。白獣は、戦闘獣というより聖獣として扱われているところもある。とくに王都では、そのイメージが根強い」

美しい白い体、クイーンダイヤと呼ばれている最高級宝石のようなバイオレットの瞳。そして、騎獣した獣騎士に魔力を引き出されて空を駆けられる――。

ニコラスが指折り数え上げるのを聞いて、リズは納得する。

「なるほど。そう言われてみると、聖獣と取られてもおかしくはなさそうですね」

「翼もないのに空を飛ぶ。その恐ろしくも美しい外見もあって、大昔の人間は、グレインベルトにいた〝獣戦士〟の出撃姿を拝んだと聞く」

「だからニコラスが幼獣に懐かれたことは、歓迎もされている」

ジェドがそう補足する。獣騎士以外には幼獣も危険な存在とされているが、だからエドモンドをつけて一緒に帰還させた際はとても喜ばれたらしい。

――第一王子が、聖なる守り神である白獣の子を胸に抱えての帰還。

当時、帰還のパレードが大々的に執り行われたのだとか。前グレイソン伯爵が呼ばれ、引退した相棒獣と共に幼獣と会って意思確認もなされた。

「俺たちは、相棒獣と魔力でつながっている間は会話ができる。我が一族、そして獣騎士団にとって何よりも大事なのは白獣自身の気持ちだ」

「意思確認？」

「あっ、そっか……前グレイソン伯爵というと、団長様のお父様が、ご自分の相棒獣を連れてこの子と話をさせたんですね？」

「そうだ。父上の相棒獣は、かなり長生きもしている優秀な戦闘獣だ。まだ意思疎通がつたない年頃の幼獣から、『ニコラスのそばから離れたくない』、『一緒にいたい』、と改めてその意思を聞き取ったらしい」

ジェドの話を聞いていたニコラスが、胸に抱いたその幼獣の頭をなでる。

「ジェドのお父上にも、何度か世話になったぞ。聖獣連れの王子だと、周りが少々うるさくなったせいで、幼獣のストレスにならないか心配になってたな」

そう口にしたニコラスが、ふと思い出したように表情を曇らせた。なでる手が弱まって、幼獣が「んん？」とくりくりした目を向ける。

「我が王族にとって、守り神だ。存在を知っている近隣国で、一部、聖獣としてあがめている過激な隠密宗派もある……だから、このタイミングゆえ、気になっている」

それは、手紙に書かれてあった相談だろう。

「視線を感じ出したこと、ですか?」

リズは遠慮がちながら確認した。先程はあんなに明るい笑顔を見せていたから、そのしゅんとした姿に胸が痛んで放っておけなかった。

彼女を横目に見たジェドが、確認するように彼へと目を向ける。ニコラスが抱っこしている自分の幼獣に目を落としたまま、こくりとうなずいた。

「最近、国交関係で行事があったんだが、その最終日あたりだったと思う。強く見られているような視線を感じて、それが突き刺さるみたいでとても怖くって」

その一件で気になったのを境に、たびたび視線を覚えるようになったという。

言いながら、ニコラスが幼獣をぎゅっと両手で抱きしめた。幼獣はよくわかっていないのか、うれしそうに尻尾を振って彼に頬をすり寄せる。

「見られることには慣れている。怖いと思うような眼差しを向けられたことも、少なからず経験がある。……だが、俺は今、一人じゃない」

——この子がいるから、怖さを覚える。

リズは、口に出されなかったニコラスの言葉を聞いた気がした。彼は、心の底から幼獣を大切にして、そしてその身を何より案じているのだ。

「幼獣が、グレインベルトから外に出ることはない。しかしこいつは、俺から離れないんだ、そして王宮までついてきた」

「たびたび感じる視線というのは、どこでだ？」

「公務の出席の後も、何度か。その時も幼獣を胸に抱えていたんだ。本当に離れたがらなくて、俺もそれがとてもかわいくってな。父上もみんなも『できる限りは幼獣を同席させてもいい』と言ってくださるから……でも、その際に同席した他国の関係者の中にもし密猟を考える者もいたりしたらとか、今になって気になってきて……」

物憂げに話していたニコラスが、ふっと顔を上げてジェドを見た。

「気になると言えば、こいつも最近、ちょっと行動が違っていたりする」

「ふうん。それは、どんな？」

「こう、いつも俺が抱えていて、それが大のお気に入りなんだ。エドモンドが面倒を見ようとしても俺の腕から下りないから、公務にも連れ出していて。でも最近、他の人間がいるのに、足元で堂々と歩きたがる時もある」

不意に、ぴくっとわずかにジェドが反応する。

だがわずかな仕草だったので、話すニコラスも、彼のことを見ているリズも気づかなかった。カルロが思案するような表情で、尻尾を小さく振る。

「歩きたがるのはいいことだけれど、俺としては最近はとくに心配にも思うんだ。

抱っこしようとしても、かたくなに歩きたがる。世話のうまいエドモンドの言うことも聞かない」

ニコラスがやや重めの、一回り大きな幼獣をもふっと両手で掲げて見つめる。

「成長中の反抗期だったりするのかな？　なぁリズ、お前は世話係なんだろう？　何か知っているか？」

「う〜ん、うちの幼獣たちは、もう少し小さめですし……その子は、自立心が芽生える年頃だったりするのでしょうか」

「そういえば、エドモンドもそのような推測をしていたなぁ」

少し遅れて帰ってくる護衛騎士を思い出し、ニコラスが上を見やってつぶやく。

そう二人の会話が途切れた時、ジェドの落ち着いた声が上がった。

「――いいだろう。俺は今回、陛下と両親へ、ゆくゆく婚約者となる女性を紹介するために来ている。プライベートな滞在だから、少しは時間がある」

「本当か⁉　調査を引き受けてくれるのかっ、大親友ジェドよ！」

「おい、さっきから気になっていたんだが、いつ大親友に昇格した？　白獣を守るのも獣騎士団の仕事だ。今回のその件、獣騎士団として少し調べてみよう」

そうジェドが請け負うと、ニコラスが「うむ！」と答えた。にこーっとした満面の笑みで幼獣を抱きしめる。

すっかり抱きしめ癖がついているように見えた。その姿は愛らしい。

「よろしい。それでは、パーティーへ行くか！」

……ん？　パーティー？

そんなニコラスの声に、リズはややあって思い出す。そういえばグレイソン伯爵の来訪に合わせて、国王夫妻がパーティーの日程をずらしたのだと聞いていた。

だから獣騎士団を出発する際、緊張もピークだったのだ。カルロの長距離飛行もあって、すっかり忘れていた。

「だ、団長様。私、きちんと挨拶できるでしょうか」

がったがた震えそうになって、リズはもう不安でたまらない目で見上げた。ジェドが腰を抱き寄せ、耳元にささやきかけてくる。

「心配しなくていい。少し顔を出すだけだ」

美しい微笑と共に降ってくる声は、なんだかとても甘い。少し遅れて、恋人モードにスイッチが入ったのだと理解する。

まるで本物の恋人同士みたいな距離感で、リズはドキドキしてしまう。幼獣を胸に抱いたまま立ち上がったニコラスが、その様子を見て朗らかに笑った。

「俺がいるのを気にして団長呼びしているとは、謙虚で初心な婚約者だな、ジェド！　お前にはもったいないくらい初々しい、いい娘ではないか」

「俺もそう思うよ」

余裕たっぷりに微笑みで応えたジェドが、リズの耳元に唇を寄せる。

「どうした？　さぁ行こう、俺のリズ」

「ひぇっ、あ、あの団長様、ど、どうしてそんなに近づくんですか」

リズは、もう恥ずかしくて声もうわずってしまっていた。

ジェドが魅惑的な笑みを返し、ニコラスの後に続いて、リズをエスコートして歩きだす。自然と腰を抱かれて支えられ、リズはかぁっと顔が赤くなった。カルロが後ろからついてくる。

「お前は今、俺の婚約者だろう？」

絶妙なタイミングで、そう確認するようにささやかれた。

――正しくは、未来の婚約者という〝設定〟だ。

けれど先程、ニコラスの許しをいただいたこともあって、堂々と婚約者だと口にしているのだろう。当初の話では、婚約者候補の恋人だったはずなのに……。

リズはジェドの言動に色気を感じて、くらくらした。恥ずかしすぎて何も言い返せなくなることを知っていて、彼はわざとそうやってささやいてきたみたいだ。

王都滞在の間、うまくやっていけるのか、早々に不安になった。

◆§◆§◆

獣騎士団長にして、グレイソン伯爵の久々の登城とあって、わざわざ到着日時にずらされたパーティーは大盛況だった。

賑わう会場の外で、カルロはいったん、待機することになった。

ニコラスの登場に続き、ジェドがリズの腰を抱いて入場すると歓声が上がった。女性の黄色い声がやや強かったが、喜びと祝福する男性の声も多かった。

「グレイソン伯爵、まさか君がもう自分の幸運の女性を見つけていたとは、驚きだよ」

「こうしてワシが生きている間に目にできて、大変よかった」

「このたびは、運命の女神を見つけられて本当におめでとう――」

次々に声をかけられて、リズは目が回りそうになった。貴族たちの「運命」やら「女神」やら「幸運」やらといった抽象的な言い回しも、耳に慣れなくて頭の中がこんがらがった。

両陛下の元にたどり着いた時には、庶民の身での対面に卒倒しそうになった。しかも名前まで呼ばれて、大変恐縮してしまう。

何を話したのかわからなかった。場違いなところに放り込まれた小動物みたいに、リズはもうジェドを頼りきって、彼の袖をずっとつまんでしまっていた。

そうしている間に、両陛下との短い対話が終わる。

続いて挨拶回りへと移った。そこでリズは、慣れたように挨拶をしていく彼に、他の貴族たちへ恋人として紹介されまくった。

「俺の婚約者です。ああ、正式にはまだなのですが。こうしてご紹介できる日がくるとは、俺自身思っていなかったものですから、正直、とてもうれしくて」

ジェドは、まるで本当のことみたいにさらりと述べた。これが嘘だとバレたらどうするつもりなんですかと、リズは内心焦ってハラハラした。

けれど緊張で頭がいっぱいのところに、次から次へと名乗られて相手の顔を覚える暇もない。

「ははは、グレイソン伯爵も、とうとうご自分の〝花〟を見つけられましたか」

「けれどまだ、書面上での約束は交わされていないのでしょう？」

「ゆくゆく婚約者になる人です。その時が待ちきれません」

令嬢たちが期待を捨てきれない様子で嫌みっぽく言う。しかし、ジェドは慣れたようにかわして、こう評価を上げる形で答えたりした。

「本来であれば、もう少し後で皆様にご紹介するはずだったのですが。ニコラス殿下伝手に陛下に知られてしまいましてね。ちょうど仕事が一段落したところだったので、これはいい機会だと、両陛下へ俺の相棒獣の報告と、そして彼女を両親に引き合わせようかと」

よくもまぁ、つらつらと言葉が出てくるものである。

大勢の貴族たちの場に余裕がないリズは、猫かぶりなジェドにある意味感心してしまった。自分だったら、恐ろしくてそんな嘘設定を堂々と演説できない。

「ご両親も、さぞかし今か今かと待たれていることだろう」

「我々が先にご挨拶してしまって、申し訳ないな」

ジェドの語りを聞いた貴族たちは、とても納得して満足げだった。未婚の令嬢たちが何も言えず唇を尖らせる中、親しみを込めて笑った。

「相変わらず、ニコラス殿下はグレイソン伯爵を一番に信頼しておられる。うらやましい限りです」

「俺としても、どうしてそこまで信頼されているのか、さっぱりで」

「ははは、ご謙遜を。我らが守り神である、白獣の地の領主であらせられるではないですか。もうそれだけで、陛下も絶大な信頼を寄せられている」

「殿下に関しては、謙遜などではなく事実なのですがね」

半ば本音も交えつつ、ははは、とジェドは彼らと話していく。

会話も彼がすべて担当してくれているのはありがたい。しかし、この注目のされようは、まるで婚約披露パーティーにとってかわってしまったみたいだ。

顔も名前もバッチリ知られていっているんだけど、本当に大丈夫⁉

この場の主役の一人のように立たされてしまって、リズはもう気が気でなかった。擦れ違う貴族たちから「グレイソン伯爵の婚約者殿か」と言われたり、祝福の声を投げられたりしてしまっている状況だ。

「あ、あの団長様、私――」

そろそろ二人でいなくてもよくないだろうか。恋人役のふりとしては、もう十分やった気もするし、後は壁際で待っていてもいいはずだ。

リズは、そんな期待を込めて声をかけようとした。だが提案しようとした時、甲高い女性たちの黄色い声に遮られてしまった。

「ジェド様！　またこうしてお久しぶりにお姿を見られて、とてもうれしいですわ！」

「わたくしを覚えていらっしゃいます？　エレブィッジ公の娘にございますわっ」

「今日はお仕事着なのですねっ、相棒獣に騎獣してのご来訪だったため、というのは本当ですの？」

令嬢たちが、どっと押し寄せてきた。その勢いにリズは「ひぇっ」とおののきの声を上げた直後、どかっと押しやられてジェドの方へぶつかっていた。

彼が難なく腕で受け止めて、もみくちゃにならないよう、さりげなく自分の後ろへ隠すようにしてリズをかばう。

令嬢たちは、スカート部分が大きく膨らんだドレスで、とても美しく着飾っていた。集団となってゴージャス一色な光景と化した視界に、リズはくらりとした。

――私、この世界、絶対に無理っ！

貴族の雰囲気に圧倒されていると、そんな令嬢の勢いなど仔猫がじゃれるのとたいして変わらないと言わんばかりに、紳士たちがはははと笑った。

「相変わらず大人気だな、伯爵」

「いえ、それほどでも」

かけられた声の一つに、ジェドが慣れたように答える。

かと思ったら、彼は続いて、きらきら輝く『理想の上司ナンバー1』の外向け用の笑顔を令嬢たちへ向けた。

「わざわざ足を運ばせてすまない。本来なら、紳士である俺が伺うべきだった」

「いえいえっ、伯爵様にご足労いただくなんて……！」

「お忙しいのは存じ上げておりますわ」

「わたくしたち、こうしてご挨拶できただけでうれしいのですっ」

「ありがとう。久しぶりに顔が見られて、俺もうれしいよ」

途端に、令嬢たちが人目もはばからず「きゃー！」とはしゃぐ。

……このキラキラな美男子は誰なんだろう。

リズは、見とれるよりも強い違和感で引いていた。令嬢たちの熱い視線を集めているジェドは、正統派美男子コーマックをしのぐレベルで〝王子様〟だ。

ああ、でも、本当にモテる人なんだな。

よくわからない寂しさに似た〝ナニか〟が、ふと胸に込み上げた。

思い返せば、こうして間近で、女性に囲まれている彼を見るのは初めてだ。平凡な私なんかが、恋人役だなんて――知らず知らず遠慮してジェドから離れかける。

その時、不意にリズを、ジェドの腕が引き留めた。

「え……？」

目を向けると、ジェドは令嬢たちにやわらかな微笑みを返していた。優しげな大人の男性としての色気が二割増しになり、令嬢たちぼうっと見とれて静かになる。

「けれど、すまないね」

「突然謝られて、どうしましたの伯爵様？」

「この通り、俺は今、リズに夢中なんだ。同じ獣騎士団にいるとはいえ、普段から忙しいから会える時間も少なくて――だから、せっかくの機会だ、彼女と少しでも多くの時間を過ごしたくてね」

唐突に名前を出されたかと思ったら、気づいた時には、リズは彼に腰を引き寄せられて片腕で抱きしめられていた。

体温も感じるくらいに、ぎゅっとされた。けれど仕草に強引さはなくて、指先一つまで気遣われている恋人の抱擁であるとわかった。

「おやまぁ。なんと仲睦まじい」

そんな声が聞こえて、リズは赤面した。両手で突っぱねようとしたら、周りに悟らせない自然さでジェドが胸に抱いて阻止する。

「彼女は、とても恥ずかしがり屋なもので」

「ははは、そのようですな。なんとも初々しい」

「しかし伯爵の方が、どうやら熱を上げているようだ」

「そうなんですよ。彼女は恥ずかしがるのですが、俺はこの距離が好きですね」

言いながらも、ジェドがリズの少し癖のあるやわらかな桃色の髪を指に絡める。

――なんか団長様、色気むんむんすぎませんか⁉

髪をなでられているリズは、近くで聞こえる彼の吐息にも胸がばくばくしてしまう。

私、〝ふり〟なのに心臓がもちそうにないんですけどっ！

とにかく恥ずかしい。それなのに周りの者たちは、いっさい気にしていない様子で微笑ましげだ。

「一心に愛されているんですなぁ。照れている表情まで、実に初々しく愛らしい」

「グレイソン伯爵が夢中なのも、わかる気がします」

「わかってくれますか。大事にしたくて――それに実は、彼女の両親には、正式に婚約者となるまでは、手を出さないと約束もしているものですから」

わざとジェドが意味深に言って、微笑みで言葉を切る。

いろいろと勝手に憶測したようで、また好感が増したかのように男たちが話しだす。

令嬢たちの姿は、いつの間にか半分程見えなくなっていた。

「さぁ、行こうか。君をもっと紹介したい」

見下ろすジェドに声をかけられ、優しげな美しいブルーの瞳に吸い込まれそうになった。

こんな時に限って、君、というやわらかなニュアンスも大変似合う。ふりだとはわかっているのに、リズはぼふっと赤面してしまった。

その後も、場所を移動しながらジェドの挨拶は続いた。

立ち話で足を止めるたび、大っぴらに婚約者だと紹介されて恥ずかしかった。ずっと腰を抱かれているせいで、彼が動くままに付き合うしかない。

おかげで、リズの胸はドキドキしっぱなしだ。

本当に大丈夫なのだろうか？　なんか団長様、のりのりで紹介してません？　これ、後で断るのが難しくなるんじゃ……。

先日の話ぶりからすると、彼はまだしばらくは婚活をしないつもりでいるらしい。

でも、ずっとは通用しない嘘だ。こんなに騒がれて、調査が済んだ後で問題になったりしないのだろうか？

ジェドが話を受け持ってくれている間、リズは考える。

――まぁ、でも団長様のことだから、何かしら考えてはいるのだろう。

獣騎士団の執務室で、彼が問題ないと述べていたのを思い出して、心配をいったん脇に置く。

だって彼は『心配するな、俺がなんとかする』、と言ったのだ。

「俺が隣にいるのに、別のことを考えているだなんて、焼けるな」

その時、今の彼の声が耳に入ってきた。

考え事をしている最中だったから、つい反応に遅れた。気づいた時にはジェドの大きな手が首へと回って、リズは彼に引き寄せられていて――。

「まだまだ俺の魅力が足りないらしい」

そのまま、ジェドが首の後ろにキスを落としてきた。

髪越しに、ちゅっと唇の感触がした。そこまでご執心なんだと周りの者たちは微笑ましげだが、リズは赤面して心の中で「ひぃえぇぇぇ！」と叫んだ。

――こ、こんなのが、このまま続いたら身がもたないっ。

リズは、首の後ろを押さえてパッとジェドを振り返った。恥ずかしすぎてその目は潤み、けれど彼の顔を見た途端に、声も出なくて口をぱくぱくした。

相手は、あの鬼上司な団長様だ。なのに……、もおおおっ、なんでこんなにも頭の中が沸騰しそうなくらいドキドキしちゃうの⁉

リズの大きな赤紫色《グレープガーネット》の目が、恥じらっていよいよ潤んだ。

「あ、あの、私、もう――ひぇっ」

ようやく声が出たら、まるで何かのスイッチが入ったみたいに、ジェドの笑顔の輝きが二割増しになった。

この笑顔は、よくないことが起こる前に見ていたものである。リズがおののくと、その果実のような瞳に自分だけが映っているのを見つめながら、ジェドは迫る。

「おやおや、俺のかわいい人は、初めての場所で緊張しているみたいだ。こういう社交も初めてだからね。俺がいるから、平気だよ」

「いや、団長様がいるから気が気でない――ぴぎゃ」

直後、胸板に顔面を押しつけられて言葉を遮られた。

少し遅れて、正面からジェドに抱きしめられていることに気づく。もう耳まで真っ赤になってリズは言葉も続かない。

「皆さま。もっと話していたいのですが、まだご紹介していない方々もいらっしゃいますので、いったん、ここで失礼したいと思います」

まだまだ紹介するの⁉

腕の中で、リズがビクゥッと飛び上がる。ジェドは周りに悟らせず、にっこりと笑うと颯爽《さっそう》とリズを次の場所へと連れ出した。

社交なんて初めてのことで、何もかも目まぐるしくて頭の中もぐるぐるしてきた。明るい会場内や、装飾品やドレスで視界もチカチカし始める。

「だ、団長様、もう……無理……」

令嬢たちの三度目の襲来を乗り越えたところで、とうとう精神力も尽きた。ふらっとした直後、リズはひっくり返っていた。

ジェドがリズを受け止め、親切な老紳士が呼んですぐに係の者が駆けつけた。

◆§◆§◆

ジェドに支えられて会場を出たリズは、近くの休憩部屋に運ばれた。ソファに座らせてもらった途端、強い疲労感が足に込み上げて立てなくなりそうだった。

「うぅ、すみません団長様」

体力がキャパオーバーしてしまったのだ。なんたるふがいなさだろうか。

どうやら少し休みが必要であるらしい。水も用意させますと告げて、案内してくれた係の者が使用人たちを呼びにいったん出ていく。

「挨拶回りをしたら、殿下の周りの様子も見てみる予定だったんですよね？　そうお話もされていたのに、私ときたら……っ」

リズは自分に落胆して、思わず顔を両手で押さえた。

ここぞという時に頼りない自分を思って、泣きそうになる。こんなんじゃ、相棒獣より下の助手、と言われてしまっても言い返せない。

「大丈夫だ。本格的に調査するのは明日からの予定で、パーティー中の様子については、今、外からカルロに見てもらっている」

片膝をついてこちらをうかがっているジェドに、うつむいていた顔を上げさせられた。役づくりを解いた彼は無表情だったが、リズは不思議と気遣う優しさを覚えた。

なんとなく、いつもと空気が違っているようで見つめ合ってしまう。

その時、ドアのノック音がした。ジェドが、そちらを見て許可を出す。視線がそれてリズがほっとしていると、数人の男女の使用人が入室してきた。

「お水はいかがですか？」

「えっ、ああ、じゃあ少しだけ」

ふくよかな女性使用人に声をかけられて、リズは戸惑いがちに答えた。グラスに新鮮な水が注がれて、それで喉を潤すと少しホッとできた。

他の者たちが、冷たい水が入ったボールとタオル。そして飲みもののセットをテーブルやソファ周りに整えた。

「ありがとう。後は俺がやるから、そのタオルを渡してくれ」

「はい、かしこまりました」

いったい何をするというのか。そうぽかんとして見てしまっていたリズは、唐突にジェドに片足を取られてびっくりした。

「な、何をするんですか」

「疲れて熱を持っているから、少し冷やすだけだ。じっとしていろ」

「拭くくらいなら自分でできますからっ」

リズは焦って伝えたが、ジェドは手を止めてくれなかった。ついた片膝にリズの足をのせて、濡らしたタオルをあてる。

「リズ、膝までスカートを上げて持っていてくれ」

「あ、あのっ、団長様のズボンを踏んじゃってますけど！」

「素直に上げないと、勝手にめくらせてもらうが？」

「ひぇっ、そ、それは勘弁してください今すぐ上げます……！」

リズは、慌ててスカートを持ち、膝あたりまで上げた。

ほっそりとした白いふくらはぎを、ジェドが濡れたタオルで優しく拭う。熱を持っていた足が、徐々に冷やされていく心地よさを感じた。

本来ならあってはならないのに、貴族であり、上司であるジェドが、目の前で膝をついてかいがいしく世話をしている。

まるで本当の恋人みたいに、足を支える手も、タオルで拭う手も優しい。

つい、その様子をぼんやり見つめてしまった。絵になるさまに見とれていた使用人たちの、うっとりとした吐息で我に返った。

「愛されていますね」

パッと目を向けた途端、使用人たちに照れたように顔をそむけられた。仲睦まじいと勘違いされてしまったらしい。

思えば、未婚の女性が足を見せるものではなかった。ましてや触らせるなんて、都会では考えられないことなのかもしれないと思ったら、リズは焦った。

「わたくしたち、お邪魔にならないよう、いったん退出しますわね」

「えっ、あ、違っ――」

「ええと、俺たちはすぐ近くで待機しています！　あっ、お水の替えも念のためご用意してきます！」

若い男性使用人が、頬を紅潮させて真っ先に部屋を飛び出していった。他の使用人たちも、気を利かせてリズの足を見ないように退出する。

しばし、リズは見送った姿勢で固まっていた。ジェドはまったく気にしたそぶりも見せず、濡れたタオルでもう一度リズの膝から下全体を拭う。

「……って、何を普通に続けているんですか！」

持っていたスカートを、足の下へと戻されて気づいた。作業を終了したジェドは、疑問の表情でリズを見つめ返すと、ボールへタオルを引っかけて尋ねる。

「熱を持ったままだとつらいからだ。緊張でこわばっていたせいだろうな」

「そ、そういうことではなくって。私もそれくらい自分でできます。それなのに団長様やりすぎですっ。深い仲だと勘違いされちゃったじゃないですか！」

使用人たちが想像していた関係を思うと、顔が熱くなる。普段から、彼に足を触られているくらいの仲だと、絶対に勘違いされた。

「何か困ることでも？」

片膝をついたまま、顔を覗き込まれて不意に問われる。

じっと青い瞳で見つめられて、リズはなんだか緊張を覚えた。怒っているでもなく意地悪な雰囲気でもないに、落ち着かなくなった。

「あの、私はただの恋人役なんですよ。本当に婚約者になる人だなんて思われてしまったら、へたすると、後で団長様の婚活に影響が出ちゃうかもしれませんし」

ごにょごにょと答えながら、ややジェドの顔から離れるように身を引く。

リズは、ただの平凡な庶民の娘だ。ジェドは爵位も引き継いだ領主で、リズと違って結婚を望まれている二十八歳の獣騎士団長なのだ。

その時、腰を上げた彼に手を取られた。

「俺が、他の誰かと結婚する、と？」

リズがびっくりして目を見開くと、ジェドがより近づいて逃げ道を塞ぐ。

「俺は、これを〝本当のこと〟にしてもいい」

「え……？」

彼がリズを見つめたまま髪をすくい取った。目の前で、まるで見せつけるようにそこに口づけを落とされ、心臓がどきんっとはねる。

「あ、あの、まだ恋人のふりをしているんですか？」

ドキドキしてきて、自分の顔がじわじわと赤面していくのがわかった。なんだか甘い空気が漂っているような気がする。

ジェドが笑みを漏らした。けれど何も答えてくれない。見つめられていることに耐えられなくなったリズは、目の前にある美しい顔から視線を逃がした。

　すると、首の後ろをジェドの手が包み込んできた。

「リズ、こっちを見て」

　するりと回された大きな手の熱に、ぴくっとリズの肩がはねる。そのままジェドの指先が、ゆっくりと髪の中へすべり込んでなでてきた。

「や、やです」

「どうして？」

「だ、団長様が、変だからですっ」

　指先で、やわやわと触れられている部分がとても熱い。

　つい両手で押し返したら、ジェドが首の後ろを支えて引き寄せてきた。見つめ返せなくて咄嗟に目をぎゅっとつむると、唇を耳へ寄せられ吐息を感じた。

「リズ。お前の目は、とても美しい。だから、近くからもっと見たいんだ――ダメか？」

　ねだるような甘い声だった。

　でもどこか情熱的で、その声を聞くだけでリズの体温まで上がるかのようだった。どうしてか、耳に触れる吐息に呼吸が震えそうになる。

　その時、リズは何かあたる物音にハッとした。そちらでゆっくりと扉が開いて、揃って赤面した顔の使用人たちと目が合った。

「も、申し訳ございません。あの、入室のタイミングをうかがっておりました……隙間から。それで、その、もう少しここで待とうかと思ったのですが……」

そこで使用人たちの目が、若い男性使用人へと向けられる。彼はかわいそうなくらい恥じらって、耳まで真っ赤にしてリズとジェドを見ていた。

「お、俺、あの、か、替えの水を、お持ちして」

うまく言葉も出ない様子だった。覗き込んだ際、水を入れたボールがうっかり扉にあたってしまったのだろう。

「は、伯爵様、本当に申し訳ございませんでした。俺のせいで、ご、ご婚約者様との貴重なお時間を」

「気にしなくていい。キスは、またの機会にでもできる」

「やはり、き、キス……っ！」

ジェドがきらきらとした美しい笑みで応えると、使用人たちが期待通りの展開だったと言わんばかりに、にわかに盛り上がりを見せた。

……あ、もしかして彼らがいるのを知って、わざとそうしたのね⁉

恐らくは、今後の調査のため恋人同士であることを見せつけたのだろう。

でも勘弁して欲しい。本当に心臓が持たない。リズは策略家のドSな鬼上司を思うと、熱を持った頬に手をあて恥ずかしさに震えた。

「――でも、もう少しだけ、戻ってくるのが遅くてもよかったんだがな」

使用人に対応する中、ジェドは作り笑いで少し本音を交えていた。

使用人たちに見送られ、ジェドに連れられてリズは休憩部屋を後にした。

多くの者に、未来の婚約者であると認識させることはできた。それが目的の一つだったので、そのまま退出することにして足を進める。

会場に人が集中していることもあって、外に面した会場裏の通路は静かだ。

「カルロ」

外側に面した廊下の向こうへ、そっとジェドが言葉を投げる。すると、どこからかカルロが大きな白い体を躍らせて飛び込んできた。

歩みを合わせた彼が頭を少し下げ、ジェドが手を伸ばしてなでた。

「――ふっ、いい子だ。しっかり見てきたな」

つなげた魔力で意思疎通したのか。ジェドがそう褒めると、当然だとでも答えるかのようにカルロが頭を起こして「ふんっ」と鼻を鳴らした。

すっかりいいコンビだ。

その様子を見守っていたリズは、ふと思い出して尋ねる。

「あなた、もしかして木の上にでもいたの？」

パーティー会場は、二階分の高さがあった。両陛下のいる正面席に向かって右手の壁側にも、カーテンが開かれた大窓が上下に並んでいたのを覚えている。

上から見ていたのかしらと推測していると、カルロがうなずいて頭を寄せてきた。

そのまま、もふもふな頭をリズの肩あたりにぐいぐい押しつける。

「ちょ、団長様には許可を取って、私には要求ってどういうこと？」

「ふん！」

「うわ、さっきよりも大きな息をつかなくったって……」

やっぱり下に見られているのだろう。リズは、頭の中が疑問でいっぱいながら、カルロを両手でわしわしとなでる。

なでられていることに満足している姿は、まるで大きなワンちゃんだ。

「しかし、不審な何かはとくになかったか」

ジェドが、再びカルロを片手でなでながらそうつぶやいた。

「まぁ、想定の範囲内だがな。もし本当に何かあるとしても、陛下の前で不審な動きをする者はないだろう――ん？　窓の方を見て驚かれたのか？　ああ、気にするな、グレインベルトの町の者と違って、見慣れていないだけだ」

「カルロのこと、気づいた人もいたんですね」

ついリズは、じっとジェドとカルロを見つめてしまう。

「なんだ？」

「団長様だけ、いいなぁと思って。カルロ、驚かれたことがショックだったんですか？」

「なんだ、俺より前に筆談で交流を取っておきながら、今さら話せることをうらやましがられてもな。いや、カルロは『面白かった』らしい」

……カルロは、どこにいても相変わらずな調子のようだ。

白獣は、基本的に警戒心が強くて、繊細な生き物でもある。もしかしたら緊張しているかもしれない、というのは、ただのリズの懸念だったらしい。

「殿下の不安事も、気のせいだったら一番いいのですけれど」

リズは、視線を前へと戻して口にする。十一歳の王子ニコラス。幼獣を大切にしている彼を思えば、何もなければいいのにと心配していた。

「でも、あんなに人が多いのに幼獣も平気なんですね」

会場の王座近くに座っていた彼と幼獣を、ふと思い出して尋ねた。

「幼獣の性格にもよる。基本的には、大人の白獣と同じく獣騎士以外の人間がいる場所を嫌う――が、それだけ信頼関係がある証拠だ」

その時、ジェドがふっと顔をあちらへ向けた。

気づけば、会場の入り口に近くまで戻ってきていた。まだパーティーは続いているはずなのだが、リズは彼と同じく走ってくる人の気配を察知した。

「リズ、すまないが、少し離れてカルロを見ていてくれ」

そう内緒話でもするかのように指示される。一般人が急に飛び出してきたりしたら、さすがにまずいのかもしれない。

リズは小さくうなずき返すと、おいでおいでと手招きしてカルロを呼んだ。

「びっくりして、暴れてしまっては、ダメよ」

リズは、両手でカルロの頭を引き寄せて、安心させるようにささやきかけた。

カルロが少し顔をしかめた。けれど見つめてくるリズの赤紫色《グレープガーネット》の目を、じっと紫色《バイオレット》の目で見つめ返すと、ふっと表情から力を抜いた。

――お前が散歩紐を握っている間は、人を襲わない。

どうしてか以前、彼にそう筆談で伝えられたことが脳裏をよぎった。

たまに、とても落ち着いた表情のカルロを見る。最近は意地悪な表情よりも、どこか見守るみたいな、やれやれという目をよく見ている気もする。

その時、リズは大きな甲高い声にビクッとした。

「グレイソン伯爵様！　こんなところにいらっしゃいましたのね！」

そんな歓喜の声を上げたのは、向こうの角を曲がってきた美しい令嬢だった。捜していたのか、ドレスを少し持って走り寄ってくる。

相棒騎士のジェドがいるとはいえ、連れた戦闘獣に躊躇しないとは、すごい令嬢である。将来、彼の妻として居座るのなら当然の度胸なのかと、リズは感心した。

「これは、フィレイユ嬢」

ジェドが、にこっと作り笑いで対応する。

「会場でご挨拶をしたばかりかと思うのですが、いかがされました？」

「もう少し伯爵様とお話ししていたくって。わざわざ宰相補佐の父に許しをいただいて、護衛も置いてこちらへきたのですわ」

得意げに言いながら、フィレイユ嬢が勝ち誇った顔でリズを見た。気のせいか、その視線には『庶民は引っ込みなさいな』というメッセージを感じた。

なるほど、略奪愛かな……。

リズは巻き込まれた疲労感を覚えて、社交界事情を適当に想像して思った。

婚約者とは紹介されたものの、正式にはまだ婚約者候補だ。自分はただの庶民であるし、本気で嫁入りしたいと思っている令嬢ならば、まだ恋人でしょと押しのけてでも婚約者の席を勝ち取りにいきそうだ。

――ゆくゆく婚約する人、という設定での恋人役。

恋人を連れてきて、という国王の希望を叶える第一ミッションはクリアした。ついでに今後の調査を踏まえつつの、ジェドへの縁談対策も兼ねている。

ただの恋人役なので張り合われても困る。

リズは、よそを見てうーんと考える。黙らせるのに成功したと解釈したフィイユ嬢は、とっくにジェドの腕に豊満な胸を押しつけて、ずっとしゃべり通していた。

「おい。おいリズ」

ジェドは作り笑いを保っていたが、まったく助け出されない状況に半ば切れかかっていた。こっそり呼ぶ声もリズの耳に入っていない。

カルロが気を利かせて鼻先で彼女の肩を押す。しかしリズは、足元を見ていてため息を一つ。

「カルロ、ぐいぐい押しちゃダメよ」

はいはいと鼻の上をなでられて、さすがのカルロもあきれた表情を浮かべる。

ジェドが、自分で終わらせるべくにーっこりと笑顔を返した。けれど私情がこもっていて、無意識に圧を覚えたフィレイユ嬢が反射的に口を閉じた。

「俺にあまり近寄らないでいただけますか、フィレイユ嬢？」

「え……？　でも、いつもお優しい伯爵様なのに、今はどうして」

「ここにいる俺の相棒獣が警戒します」

ジェドが笑顔を作ったまま述べると、カルロがタイミングよく恐ろしい雰囲気を漂わせ、ぐるるる……と喉の奥から低くうなった。

「相棒騎士がいるのに、どうして」

フィレイユ嬢が、ビクリとして青い顔でよろりと後退する。

そこでようやく気づいて、リズはカルロを見た。警戒反応ではないとわかっていたから、何をしているのだろう？と首をかしげている。

「申し訳ないフィレイユ嬢。あなたもご存じかと思うが〝彼〟は、俺の相棒獣になったばかりでしてね。歴代の戦闘獣の中でも極めて強く、狂暴だ」

わざと怖いイメージを強めて、ジェドがたたみかけるように言う。

「相棒騎士となった俺を守ろうという意識が強い。今のところ、教育係のリズの言うことは聞いてくれますが、他の獣騎士たちにも従わない暴れ獣なんですよ」

「そ、そうなのですか」

話もそぞろに、じりじりと後退していったフィレイユ嬢が、そう答えるや否やドレスを翻して小走りで去っていった。

「さて、行くか」

そのまま視線を向けられたリズは、告げられた言葉を掴《つか》みかねて首をかしげる。

「どこへですか？」

「お前、朝にも打ち合わせしたのに忘れたのか？」

先程までの甘い紳士の表情をどこへやったのか。ジェドは少し顔をしかめ、いつもの感じで言った。

「俺の両親がいる、グレイソン伯爵家別邸だ」

「あ、そういえばそうでした」

思い出したら緊張してきた。つい、リズは胃のあたりを押さえてしまう。

「うぅ、吉報だと喜んでいる団長様のご両親を騙すのかと思うと、罪悪感が……。本当にバレないんでしょうか？　団長様はふりがうまいですけど、私はこんなんですし」

「俺はな、まだ全然お前に気にされてないことだけは、わかった」

「いったいなんの話ですか?」

役づくりのことを言ったのに、話が噛み合わないような相づちを打たれる。リズが訝っていると、ジェドがカルロの首の横をなでて言った。

「カルロ、よくやった」

真顔で告げる彼に、カルロは『俺もがんばったんだけどな』と言いたげな目をよこしていた。

◆§◆§◆

建物を出たところで、カルロに再び騎獣して王宮を出た。

空を駆けた方が早い。それはたしかなのだけれど、王都の建物のすぐ上を飛んでいるものだから、下からの注目にリズは慣れなかった。

「なんだか、ものすごく見られているんですけど……」

「あまり高く飛ぶなと言ったのは、お前だろう」

来る際に超上空飛行、そして超高速飛行をされてさんざん騒いだのは、つい数時間前のことだ。

　しかし、状況を見て配慮していただきたいと思う。

　誰もが指を差して目で追い、何やら歓喜の声で騒いでいた。その様子もかなり気になるのだが、とくにたびたび耳に入ってくる言葉が心臓に悪い。

「あのグレイソン伯爵が、花嫁を連れてきたぞ！」

「見てみろよ、戦闘獣での派手なお披露目だ！」

「おめでとうございます――――っ！」

　……なんだか、偽装内容が勝手にグレートアップしている。

　リズは先程のパーティーで、勝手に婚約を祝われたことが脳裏によみがえった。これ、まさか全王都民にまで顔を認知されていっているのでは？

「だ、団長様……？　なんか、勝手に祝福されてるっぽいんですけど⁉」

「いいじゃないか。これで、俺がもし社交で動けないとしても、お前はカルロと堂々と歩ける」

「うっ。そうですけど、たしかにそうではありますけどっ」

　――そうじゃないんですよ！

　きっと彼は、仕事と任務のことしか考えていないのだろう。リズとしては、ただの未来の婚約者のふりが、とんでもないことになっている可能性を思う。

「私、もう個人的に王都にこられない……」

リズは、しくしく泣きたい気持ちでつぶやいた。

その一方で、見せつけるようにリズを抱き支えるジェドは、満足げな表情だった。

強気な笑みは美しい容姿に映え、堂々と騎獣しているさまを強めた。おかげで王都民たちの羨望の眼差しを一心に注がれていた。

空を進むと速いもので、十分もかからずに目的の場所が見えてきた。


――グレイソン伯爵家、別邸。

それは貴族の高級住宅街の中に、広々とした面積を取られて建っていた。

細部のデザインが凝った高い柵、その内側には緑の美しい庭が贅沢に広がっている。

それは獣騎士団にある戦闘獣のための芝生を思わせた。

「そういえば、団長様のご両親様のところには、引退した先代様の相棒獣がいらっしゃるんでしたよね」

「そうだ。そのために考えられてつくられている」

「これなら、大きな子でも、伸び伸びと運動ができそうですねぇ」

立派な屋敷を前にして、白獣のことである。リズの感想を聞いたジェドが、珍しく笑みを漏らしてカルロを庭へ降り立たせた。

別邸は、二階建ての美しい白亜の屋敷だった。ところどころにある見張り台の三角屋根も優美で、化粧漆喰まで施された柱や壁の様子も美麗だ。

玄関前まで、庭園の通路が敷かれている。

リズは、ほえぇと口を開けて大きな玄関に見入った。ここが、王都にいる間、世話になることになったジェドの両親が暮らしている屋敷。

「も、もはや、住居というにはスケールが違いすぎる……」

今さらのように緊張を思い出して一歩後退した。それを横目で見たカルロが、鼻息を吐くと、彼女の背を白い優雅な尻尾でもふっと包み込む。

「えっ、何もふもふサービス⁉　はぁ、背中がすっごく幸せ」

もしかしたら、小馬鹿にされているだけの可能性もあるのかもしれない。でも悲しいことに、この最高級のもふもふには抗えない。

「ブラッシングが行き届いているわねぇ。私、カルロのおかげでがんばれそう」

やはりリズは、もふもふ具合にうっとりとしてしまうのだ。

それを見たジェドが、ちょっと悔しそうな顔で「チィッ」と舌打ちしていた。続いて相棒騎士に視線をよこされたカルロは、なんだか複雑そうな表情だ。

その時、屋敷の扉がゆっくりと開いた。

「坊ちゃま、無事に相棒獣が見つかり、そしてこうして騎獣でのご帰省には感激いたしました。おかえりなさいませ」

丁寧な礼をして出迎えてくれたのは、元獣騎士だったという老年の執事だった。サムソンと名乗ると、早速リズたちを屋敷内へと案内した。

中もとても広々とつくられていた。天井もとても高くて、どこもかしこも清潔に保たれている。しかし他に使用人の姿は見かけない。

「必要時以外は、各自の持ち場で仕事をしてもらってます。戦闘獣との不用意な接近を、避けるためです」

きょろきょろしたリズに、サムソンが察知してそう教えた。

獣騎士の引退に伴って、同じく現役を卒業する戦闘獣もいる。中には、一度山に帰っても、獣本人の意思で戦闘獣に復帰することもあるという。

「白獣の意思を尊重しているんですね」

「その通りです」

戦闘獣たちを思って、ぱぁっと表情のトーンを明るくした。そんなリズを見て、サムソンは初めて微笑ましげに老いた目元を細めた。

「現役を引退した旦那様の相棒獣は、こちらで一緒に暮らしております。戦闘獣と相棒騎士は一心同体。常にそばにいますから」

「俺が団長になって、しばらく世話になった戦闘獣でもある」

「あっ。ずっと前にいた相棒獣って、先代獣騎士団長様のだったんですか⁉」

「相棒獣の代わりを務めてもらっていた、という方が正しい。それまでに多くの戦闘獣と出会ってきたが、――長らく、見つからなかったから」

何気なく思い出話を口にしたジェドが、視線をそらして声を小さくする。

なんだかその横顔に、胸がきゅっとした。彼は冷静な表情だったけれど、一人で背負った思いや言葉ごと、のみ込ませてしまった気がして。

「もう一人じゃないですっ」

気づけばリズは、彼の腕あたりの軍服を掴んでいた。ハッと見つめ返してきたジェドの青い目が、小さく見開かれる。

「今は、見つかって、もう団長様は一人じゃないですよ」

「――リズ」

「カルロがそばにいます。えっと、微力にしかなりませんが、私だっています」

あまり役には立たないことは自覚しているので、なんだか恥ずかしくなって手を離した。視線を逃がす言い訳にカルロをなでる。

そんなリズの横顔を見下ろしていたジェドが、ふっと目元をやわらかくして笑った。

「――ありがとう、リズ」

相棒獣を間に、リズとジェドをいい雰囲気が包み込んでいる。それは上司と部下の関係ながら、いい恋人同士であるのだとサムソンを気遣わせていた。

「職場恋愛ですか。これも、何かしらの縁なのでしょうね」

サムソンのうれしそうな独り言を拾ったカルロが、ぴくぴくっと耳を動かせる。その拍子に気づいて、リズはなるほどと察した。

そう説明していれば、ここでの『団長様』呼びも不自然ではなくなるだろう。恋人役もすでにいろいろとキャパオーバーだ。名前呼びまで課されなくて、ほんと助かった。

そうこう考えている間にも、ご両親が待つサロンへたどり着いていた。

「旦那様、奥様。お坊ちゃまをお連れしました」

一階にある立派なサロンで、サムソンが足を止めた。声をかけた方向には、前グレイソン伯爵ヴィクトルと、その妻アリスティアがいた。

獣騎士団で聞いていた情報を思い出し、リズはごっくんと唾をのみ込む。

立ち上がる二人の元へと案内されて、ドクドクと緊張が増した。どちらも目鼻立ちの整った顔立ちをしていて、立ち姿も仕草も貴族そのものである。

「ったく、急に連絡をよこしてきたと思ったら、調査で滞在させろとは」

「協力に感謝しますよ、父上」

「あたり前だ」

ぐちぐち言った前グレイソン伯爵、ヴィクトルがジェドを胡乱げに見つめる。目元は、きつめのジェドと違って優しい印象があった。

……ぴりぴりしていたというのは、本当みたいだわ。

リズは、対面早々の父と子の対話に小さくなる。しかし、ふと向こうの光景が目に留まって、あ、と赤紫色《グレープガーネット》の目を見開いた。

ティーセットが置かれたテーブルのそばに、ゆったりとくつろぐ白獣の姿があった。戦闘獣を引退したという前伯爵の相棒獣だろう。とても落ち着いている様子は凛々しくもあり、そして女性らしさを覚える穏やかな眼差しをしていた。

――一瞬、グレインベルトの山で出会った〝白獣の女王〟を思い出した。

ジェドの相棒獣の代わりも一時務めていたという彼女は、子思いの白獣なのだろうかと、そんな印象が脳裏をよぎった。

ジェドに合わせてリズが立ち止まると、カルロもその後ろでお座りをした。覚えのない匂いのためか、あちらの相棒獣に向かってふんふんと嗅いでいる。

「追ってよこされた手紙も読んだ、あの幼獣を預かっている殿下周りの調査らしいな」

ヴィクトルが、腕を組んで向かい合ったジェドに言った。その姿は父親らしい威厳にあふれていて、リズは修羅場を警戒して緊張する。

「私が何度促しても来ないというのに、まったくお前ときたら」

「仕事が忙しいんです」

にこっと笑ってジェドが適当に流した。

「やかましい。何が仕事だ。令嬢と会わせるためのパーティーを察知して断っていることは、私だって気づいているんだぞ。というか父さんだって寂しいんだ！　顔を見せに来なさいっ」

前グレイソン伯爵が、少し憎めない感じで地団太を踏んだ。

怒っているかと思ったら、寂しがり屋の一面が露呈した。そこにジェドとは違う素直なところを感じて、少しリズの緊張がほぐれた。

「あなた、話が進まなくってよ」

「ああ、すまんなアリスティア」

妻に肩をなでられたヴィクトルが、おっほん！と咳払いする。

「タイミング的にいいからと、陛下も獣騎士団を軍事公務に参列させる気であるとも聞いている。お前は、どうする気だ？」

「これから考えるところです。先程、陛下にはお会いしましたが、パーティー中でしたので、恋人を紹介しつつご挨拶だけで済ませましたから」

「そうか、そうか。うむ」

ジェドが強調した恋人のくだりで、ヴィクトルは期待感を隠せずそわそわした。

どうしよう、お父様って感情がすごく態度に出る人だわ……。

怖い貴族、怖い前獣騎士団長というイメージが、リズの中でがらがらと音を立てて崩壊していく。

キリキリと良心が痛み始めた時、アリスティアが夫へうなずいた。それを見たヴィクトルが、もう仕事の話はしまいだと言わんばかりにぱっと笑った。

「うむ、ジェドよ。このたびはまた仕事かと思ったが、まさか恋人ができたという報告も兼ねていたとはっ、実はとてもうれしいサプライズだと思っていたんだよ！」

ヴィクトルが「ははは」と笑って、褒めるように両肩をばんばん叩く。対するジェドは完璧な作り笑いだ。

どうやら、急な宿泊の件については大歓迎なようだ。先日『大丈夫だ』と彼が自信たっぷりに口にしていたのを、リズは思い返した。

「はじめまして、わたくしは母のアリスティアよ」

「あっ、はい、はじめましてリズです！」

声をかけられて焦って答える。お辞儀をした拍子に、作り笑いで反応が薄いクールな息子から、ヴィクトルが早速リズへ視線を移してきた。

「私は父のヴィクトルだ。あそこにいるのが、私の相棒獣――ジェドも立派な相棒獣と出会えたようでよかった。君が教育したと聞いているよ」

「いえ、私はそれ程でも」

「そうそう、うちのジェドは一人息子でね。妻に似てそれはそれは美男子なんだが、大きくなるに従がってかわいらしさがなくなって、手紙も素っ気ないし全然顔も見せに来ないんだ。幼獣を育てるのが一番うまいのに、ちっとも子に興味を抱かないのも、ほんと憎たらしくてね」

どんどんしゃべってくるヴィクトルに、リズは押され気味に身を引く。

「は、はぁ……そうだったのですか」

団長様が、白獣の子育てが上手？

そもそもそんなイメージがなかった。そちらについては、優しい上司のコーマックか、いつも小まめに日記をつけている獣騎士トナーあたりが思い浮かぶ。

すると、アリスティアも夫に負けじと、リズの前を陣取って言う。

「わたくしも、孫を抱き上げられる年齢までには吉報が欲しいと、何度も言っていたんですよ。それなのにこの子ったら、全然探さないばかりか、いっつも『白獣の件で手いっぱいです』と言うんですからっ」

仕事はそつなくこなし立派ながら、嫁選びをまったくしていなかった一人息子ジェドには不満がつもっていたらしい。

ぐいぐいこられてリズは困った。当のジェドが、そばで初めての屋敷であるカルロの反応を観察しつつ、しれーっと聞き流している。

「こうなったら、気位の高い娘だろうが我慢する覚悟で、縁談について宣伝しまくっていたんだがね。まさかここにきて、こんなにも愛らしい娘さんを連れてくるとは！」

突如、ヴィクトルにガッシリと手を包み込まれた。

「ひぇっ、な、なんでしょうか」

びっくりするリズにも引かず、二人がずいっと覗き込んでくる。

「見てごらんアリスティア！　ジェドの相手だというのに、とても素直で性格のよさそうな目を！　どこにも腹黒さが、ない！」

「キラキラとした目でストレートに言っちゃっていいことなんですかっ？」

「ほんと、どこかの親不孝者と違ってとてもかわいいし、仲よくできそうな子でうれしいわ。何度、わたくしに娘がいたらと思ったことか」

「この愛らしい目、まるであの穏やかなグレインベルトの地を思い出すようだねぇ」

ヴィクトルが、感極まった様子でうなずき言った。

ここまで喜ばれてしまうと、嘘をついていることの罪悪感が半端ない。リズは同情した。彼らは、それ程までにジェドの相手を待ち望んでいたのだろう。

「自慢の息子を、恋人の前でボロクソ言わないでくれませんかね」

するとジェドが動きだして、自然な仕草でリズを両親から奪い返す。

「もう俺の中では、婚約者も同然な人です」

それを聞いた途端、アリスティアが「んまぁっ」と歓喜の声を上げた。

「『婚約者』……っ！　お前の口から、一番聞きたかった言葉よ！」

「ニコラスの相談を引き受けたのも、こうして父上と母上を、先に喜ばせたいと思ったからですよ。母上には、これまでもずっと心配をさせてしまったと、俺もリズに言われて反省したものですから」

「なんだって⁉　あのジェドが、反省⁉　ああっ、そんなことにも気づかせてくれる娘なのか、なんて素晴らしいのだろう！」

これまでのジェドの頑固さに、苦労してきたことがありありと伝わってきた。そんなヴィクトルの目が、不意にぱっと向いてリズは肩がはねた。

「身分差なんて関係ないよ！　安心しなさい、私たちは君たちの恋の味方だ！」

「え」

再び、ぎゅっと手を握られて力強く約束されてしまった。

それは大変困る。リズがそう思った矢先、ジェドがきらきらとするオーラを放つ笑みを浮かべて言った。

「それは心強い。俺はこの先何があろうと、リズをあきらめる気はありませんから」

「なんとっ、お前の口から、そんなロマンあふれる台詞を聞くことになろうとは！」

「婚約をしたら、ここでしばらく家族として過ごしながら、一緒に挨拶回りもしたいですね。ああ、でも気の早い話でしたか。それは結婚後にすべきでしょう」

「結婚！　ジェドったら、そんなにうれしいのねっ。ええ、いいのよ、婚約したら存分に挨拶なさい。お前が身を固めたいと思ってくれただけで、とてもうれしいわ！」

わざと煽るようにジェドが言うたび、両親の期待値が急上昇する。とても満足そうで、リズは嘘なんですとますます言えそうになくなった。

「リズさん。どうぞ、うちの息子をよろしく頼むよ」

「うっ、その、はい……」

「どうか安心なさって。貴族の妻になる不安は、わたくしが一つずつ解消していってあげますからね。教育係も、きちんと選んでおいてあげます」

ご両親に、すっかり安心されてしまった。この後どのタイミングで真実を知らされるのだろうかと考えると、良心が猛烈に痛んで涙腺にきた。

――団長様、無理です。私、スマートに嘘なんてつけませんっ。

そんなリズを、ジェドがまたしてもさりげなく両親から救出する。後ろで見守っている執事サムソンは、感動してハンカチを目元にあてているしまつだ。

それを全体から眺めているカルロだけが、何か言いたげだった。

「母上、教えることを全部あなたに取られたら、たまりません。結婚した後で、俺がじかにリズに教える楽しみも残しておいてください」

「まぁっ、ジェドったら」

いったいなんの話をしているのか、アリスティアが頬に手をあてる。ジェドに腰を抱き寄せられたリズは、ぽかんとしてその親子の会話を見ていた。

私、ふりですよね？　なんか団長様、のりのりでやってません⁉

気のせいだろうか、なんだか外堀を埋められているような……。

「いいですわ。わたくしも、早くかわいい孫の顔が見たいですから。そちらはジェドに任せることにしましょう」

「母上、ありがとうございます」

「うふふ、いいのよ。立派な跡取りを期待していますからね。そうそう、気を利かせて、お前とリズさんが一緒に泊まる部屋も用意してあげましたよ」

アリスティアが、口元に手をあててふふふと微笑む。

それを聞いた途端、リズはハタとした。一緒にって……もしかして私、滞在中は団長様と同室なの⁉

「ま、待ってください。もしかして、まさかベッドも一緒じゃないですよね⁉」

焦って尋ねたら、ヴィクトルが答えてくる。

「隠さなくていいんだよ。うちの息子のことだ。若い年下の女の子とはいえ、こんなに愛らしい君を放っておかないだろう」

「ふふっ、リズちゃんが恥ずかしがるから、人がいるところではキスも我慢していること、わたくしたちもちゃんとわかっていますからね。我慢が利かなくなるから『団長様』呼びをしているのでしょう？」

「えっ。あ、それ、ちが――」

リズは慌てて誤解を解こうとしたものの、ジェドに後ろから抱きしめられて「ぐぇ」と妙な声が出てしまった。

ヴィクトルが、そこでサムソンを呼んだ。

「サムソン、まずは二人を部屋へ案内してやれ。そちらの方が休めるだろう」

「はっ、かしこまりました」

「紅茶の用意は、ちゃんとタイミングをはかってあげてね、サムソン」

動きだそうとした執事へ、アリスティアが追って指示する。それから彼女は、ジェドに口封じされ――一見するといちゃつかれているリズを見た。

「緊張もあるでしょうから、まずは部屋でゆっくりするといいわ。うふふっ、少し時間を置いてからティーセットを持っていかせるから、それまでごゆっくり」

なんだか、含む言い方をされてウィンクまでされる。

しかしリズが言葉をかける暇もなく、サムソンが案内を始め、ジェドに引っ張られてカルロと共にサロンを後にした。

与えられた部屋は、二階の前伯爵夫妻の寝所とは反対方向にあった。

共に暮らす相棒獣のことも考えられているのか、室内はたっぷりのスペースがあって広々としている。

贅沢な広さの中、配置された上質な調度品と家具。ソファ席と、窓側に面した仕事用のテーブル席。奥には、天幕付きの大きなベッドが一つ置かれてあった。

「こちらが、お二人の部屋になります」

案内したサムソンが、室内へと進みながら不備がないかをざっとチェックする。

二人部屋とは思えないくらいに、なんとも素敵な部屋だった。カーテンがまとめられた大窓が開かれていて、日中の心地よい風が吹き抜けている。

「リズ、こっちへ」

ジェドに手を引かれて、恋人みたいにエスコートされた。戸惑いつつも、リズはついその優しげな笑顔に従って並んでソファに腰かけた。

ふんふんと匂いを嗅ぎながら、カルロが大窓の方へと進んだ。いい位置で白い毛並みを風に揺らすと、あくびを漏らしてのしっと寝そべる。

——相棒獣は、相棒騎士のそばを離れない。

それを横目に見ていた執事サムソンが、小さな微笑みを漏らした。寝心地を考えたのか、大きなクッションを一つ運んできてカルロに勧める。

「ふんっ」

カルロが鼻を鳴らして、クッションをパクリとくわえて頭の下に置いた。どうやら気に入ったようで、尻尾がぱったんぱったんと揺れていた。

そちらに気を取られていたリズは、ジェドに両手を包まれてハッとした。

「リズ」

部屋にいる執事の目を気にしてのことだろう。遠慮がちに見つめ合った途端、ジェドが甘い声で優しく名を呼んできた。

気を利かせたサムソンが、言葉もなく静かに退出していった。それでもジェドの目が、リズから離れることはない。手も彼の体温に包まれたままだ。

「あのっ、……もう、人の目もないのに」

まるで本当の恋人同士みたいでドキドキしてくる。じっくりと見てくるようなジェドの視線に耐えきれず、リズは先に目をそらしてうつむいてしまった。

ぎしり、とソファが鳴る音が耳に入った。

近づかれたのがわかって、ドキリとした。身構える暇もなく顎に手を添えられ、気づけば彼の方へ視線を戻されていた。

「人の目もないなんて初々しい言い方をされると、男としてはもっとかまいたくなるぞ」

またこちらをからかっているのだろう。でも、初心なリズは、たったそれだけでかぁっと顔が熱くなるのを止められなかった。

自分を見つめるジェドの美しい顔が、目の前にある。ふりだとわかっているのに、彼の強気な笑顔に、なぜか心臓がばっくんばっくんしてしまう。

「少しは慣れろ。お前は今、俺の〝恋人〟で〝未来の婚約者〟だろう」

何も答えられないでいると、ジェドが近くから視線を合わせてきた。

それから少しの間、まるでリズが落ち着くのを待つかのように、彼は寄り添っていた。本当の恋人同士のような距離感みたいに感じた。

やがて、窓から心地いい風が吹き抜けていった。

その時、ジェドが少し動いて――不意にリズは、耳の近くに口づけを落とされた。

「ひぇっ、な、何をするんですか団長様っ」

ちゅっとした感触を覚えた頭を、咄嗟に取り返した手で押さえる。

「ただ頭に唇をつけただけだろう」

「ひえぇ、生々しい言い方をしないでくださいっ」

「ここでは俺の恋人なんだ。その練習だと思えばいい」

「れ、練習って……」

しばらく未来の婚約者のふりをしなければならない。これは任務でもある。しかしながら、リズはもうこの距離感だけでドキドキして涙目になった。

――恋愛経験ゼロの私には、無理っ！

そう思っている間にも、ジェドに肩を抱き寄せられる。髪をすかれたかと思ったら、今度は頭の上ではなく、すくいとった髪にちゅっと口づけられた。

もうその音だけで、リズは恥ずかしくってスカートをきゅっと握った。

「なっ、慣れません。やっぱり無理ですっ」

「これでも、ダメ？」

ジェドが言いながら、リズの桃色の髪を一房口元にあてがう。

凛々しい目が、じっとリズを見つめる。肌に直接しているわけではないのにダメなのかと、確認されているのがわかって頭の中が沸騰した。

「ダメ、です。カルロだって、すぐそこにいるのに」

ドキドキしすぎて、言葉がうまく続かない。

「見られるかもしれないから恥ずかしい、と？　カルロは、俺の相棒獣だ――いくらでも見られてもいい」

物憂げな眼差しを落としたジェドが、リズの髪を手からさらさらとこぼした。

ようやく彼が離れていって、少しほっとする。でも、どうも漂っている空気感が慣れない。

普段は、仕事で忙しくしているジェドが、ただただ時間をゆっくり過ごしているからだ。そう気づいて、なんだか気恥ずかしくなってしまった。

落ち着かず身じろぎする。ずっと何も言われないことを思って、ちらりと目を向けたら、こちらをじーっと観察している彼がいた。

――ハッ。私、またからかわれただけなのでは⁉

まさかと表情で訴えた途端、ジェドが空気を変えて「ふっ」と笑った。

「そうやって素直に座り続けているお前を見ていると、こういうゆっくりとした時間も、悪くないな」

普段と違って、リラックスした様子の笑い方だった。

不意に一瞬、胸の奥が心地よさげに小さく脈打った気がした。その拍子に、なぜか『キスを我慢している』という彼の母の言葉がよみがえって、リズは慌てて頭から追い払う。

「な、何もしないでくださいよっ」

恥ずかしくなって、ソファの上で距離を取って言い返す。ジェドが視線を前へとそらし、吐息交じりに「はいはい」と言って片手を振った。

「そういう初心な反応されると、男ってのは余計かまいたくなるんだがな。――いちいちイイ反応をしてくるから、つい、ちょっかいを出したくなる」

姿勢を楽にしながら、ジェドは髪をかき上げる仕草で口元を伏せてつぶやいた。

リズは、よく聞こえなくて首をかしげた。すると察した彼が、普段の調子に戻すようにこう切り出した。

「幼獣の件だが、ニコラスに近づく機会がある者たちに、パーティー会場でそれとなく探りを入れてみた。だが、よくはわからなかったな」

あの社交の場で、いちおう下調べは進めていたらしい。リズは感心して、純粋に尊敬の眼差しを向けて尋ねる。

「全然気づきませんでした。いつ聞き出していたんですか？」

「会話の際中に、それとなく質問を交えたり近い話を振れば、相手から聞き知っている情報くらいは引き出せる」

……そんな黒い算段が、あのまばゆい笑顔の下で進められていたとは。

リズは、改めて鬼上司の腹の黒さを見た気がした。

「明日、陛下からも話を聞ける予定だ。他の者たちにも事情を聞いて調査を進めていく手はずだが――面倒なのは、社交の予定がすでに埋まり出していることだな」

今回、軍事関係の公務への参列もあって来訪している。そのため明日、国王と幼獣の件で話す日処は立っていた。

だが、調査の方は水面下で進められる。多忙なグレイソン伯爵の久々の王都滞在とあって、軍関係のみならず貴族たちも早速接触を図っているらしい。

「団長様、プライベートが名目の滞在のはずだったのに、どんどん忙しくなりそうですね……」

リズは、先程のパーティーでの人気っぷりを思い返してつぶやいた。

「まぁな。とはいえ幼獣を守ることが最優先だ。適度に貴族共には付き合うが、調査は遅らせることなく確実に進めていく」

その時、扉を叩く音が上がった。

どうやらティーセットが運ばれてきたらしい。ジェドが使用人たちに入室を許可し、二人の話はいったんそこでしまいになった。

その日の夜、リズは間を空けて大きなベッドでジェドと就寝した。

始めは落ち着かなかったが、すぐにジェドが寝入ってしまって拍子抜けした。カルロが相棒獣になってから、寝つきもよくなっているのかもしれない。

そうわかったら、緊張もほぐれた。カルロがのんきな寝息を立てていることにも、なんだか安心できた。

気づけばリズも、初日の疲れからぐっすり眠っていた。

三章　リズ・エルマーと王宮と王子様

不思議な夢を見た。

夜の美しい大自然が、青白く光るように目の前に浮かんでいる。そこには山と半分同化した大きくて美しい、あの白獣の女王の姿があった。

『よき縁をもたらす幸運の娘リズ——あなたに、白獣の加護がありますように』

幸運の娘だなんて大袈裟《おおげさ》だ。

リズはとても平凡で、普通の女の子だ。恋人役で連れてこられたのに、ジェドが令嬢たちに囲まれてしまったのも、リズがちっとも役に立っていないせいだろう。

——白獣の女王に認められた、伯爵が見初めし幸運の娘。

たくさんの〝呼び声〟が、リズの頭の中に響いてくる。それは獣の言葉。遠くから獣たちの声がする。

『白獣に愛されし幸運の娘が、一千年ぶりに我らが地に帰ってきた』

『我らが女王に、安寧《あんねい》と祝福あれ』

『女王が受け入れた、幸運の娘を守るのだ』

どこかずっと遠くから、獣の遠ぼえが聞こえてくる。それは夜の世界、山々を超えて獣騎士団の建物まで響いていく。

ただの夢だ。カルロがぴくりと耳を立て、美しい紫色《バイオレット》の目に、夜空を映したただなんて。そしてコーマックの相棒獣たちも、次々に目を覚まし、畏れ、敬い、静かに遠くの山へ向けて頭を垂れているだなんて――。

そんな光景が、夢を見ているリズの目の前を、ぼんやりと過ぎていく。

『リズ。あなたの望みは、なんですか？』

ふと、コーマックに似た声が頭の中に響いた。振り返ると、そこには彼の優雅で美しい相棒獣の姿があった。

――私、何も望まないわ。

みんな、どうか怪我をしないで。健康で、元気でいて。リズはそう答えた。獣騎士団にいる戦闘獣たちもまた、とても大切な仲間だったから。

日々、一頭ずつ見てきた。幼獣も愛おしく、カルロの教育を引き受けてから、ますます戦闘獣たちもかけがえのない存在になっていって――。

彼らの存在が、まるで元から必要だったピースのように、気づけばリズの中にカチリとはまっていたのだ。

ただただ、獣騎士たちと彼らが、元気で過ごせる毎日を思った。

ふっと意識が浮上した。誰かが自分を呼んだような、大きな存在に何かを見せられたような、そんな不思議な夢を見た気がする。

ふるりとまぶたを震わせて、リズは赤紫色《グレープガーネット》の目をゆっくりと開いた。

不意に、視界いっぱいに、横になってじっとこちらを見ているジェドの顔が飛び込んできた。びっくりしたのか、彼は固まっている。

「あれ……？　団長様？」

リズは、寝ぼけた声を上げ、ぼんやりと考える。

ジェドの手は、リズのやわらかな桃色の髪を、向こうへとなですいている形で止まっていた。唇へと伸ばされた彼の親指が、不自然な位置で停止中だ。

――そういえばここ、団長様のご両親の屋敷だった。

自分は一人で眠っていたわけでなかったのだ。そう目の前に異性がいるのをはっきりと認識した瞬間、リズはパニックになって枕を引っ掴んでいた。

「ぴぎゃあああぁぁ⁉」

直後、目の前にあったジェドの顔に、ばふんっと思いきり枕を投げつけた。

◆§◆§◆

目覚め一番、思いっきりやらかしてしまった。

お座りしたカルロは、あきれ返った表情を浮かべている。その視線の先には、身支度を進めるリズとジェドの姿があった。

「ったく、ちょっと近かっただけだろう。それなのに、いきなり上司の顔に枕をぶつけるとは、過剰反応だぞ」

ジェドが、ぐちぐち言いながらネクタイを締めていた。

本日は、王都の滞在二日目だ。脱衣所の方で着替えを済ませたリズは、現在も猛反省中で、のろのろと袖口を整えながら鬼上司へ答える。

「すみません。その、私は兄弟もいなかったものですから、……つい、びっくりしてしまったんです」

この状態で、未来の婚約者のふりなんて務まるのかと弱気になる。

昨日もさんざんだった。そして今朝、近くで目覚めただけなのに枕を投げつけてしまった。過剰反応と言われればまったくもってその通りだろう。

そう反省して自信もなくなっている彼女から、カルロが納得できない目をジェドへと移した。

「エドモンドが到着するまで、あと数日はかかる。昨夜も話したが、カルロ以上の護衛はいない。奴が戻るまでの間は、できるだけお前がカルロとニコラスのそばにいろ」

部屋を出る前、支度を整えながらこれからについて再度確認する。今日から、恋人を連れてきたというプライベートを装っての任務がスタートするのだ。

リズの役目は、社交などであまり自由に動けないジェドの代わりに、第一王子ニコラスのそばにいることだった。

第一目的は、彼の元にいる幼獣に、もしものことがないよう守ること。改めて聞くと警護だが、リズは非戦闘員なので、先日ジェドに言われた『カルロの助手』という構図が頭に浮かぶ。

「こうして考えてみると、たしかにカルロのサポート係っぽい……」

「何か言ったか？」

「あ、いえ。なんでもないです。団長様の代わりにカルロもしっかり見ます。ただ、エドモンドさんが不在でも、王族の護衛がいるのにと不思議に思いました」

獣騎士団を出発する前から、ジェドは口酸っぱく『エドモンドが到着するまでは』

という言い方で、リズとカルロに警備指示を聞かせていた。

するとジェドが、意思の強さを宿した眼差しで述べる。

「俺は、何より〝白獣の目〟を信頼している。今、ここで怪しい動きがあるというのならなおさら、王宮の護衛に関しては、ニコラス専属の騎士であるエドモンド以外は信用しない」

厳しいことを口にしている彼の胸底に、強い責任感を見た気がして、リズは身が引き締まる思いがした。

領民と白獣と、そして獣騎士団のみんなを守っている人でもあるのだ。自分はカルロの助手扱いだけど、団長である彼の直属の部下でもある。

──獣騎士団の一人として、しっかりがんばろう。

ジェドを、自分も手助けしたいと思った。だからリズは、深くうなずき返した。

決意をしたとはいえ、やはりジェドの両親の前での恋人役は胸にきた。朝食中も優しくされ、彼らが未来の話で盛り上がった時には、涙が出そうになった。

ごめんなさい、私、嫁いでこないんですよ……。

一緒に療養地へ行こうだとか、義娘《むすめ》との買い物が楽しみだと期待感たっぷりに次々に言われると、もう相づちも打てなくなる。

これ、のちに、いったいどうやって事実を明かすつもりなんだろうか。

真実を伝えられる日を想像すると、いよいよ深刻な状況に思えた。カルロは並んでご飯を食べながら、隣で食事中の相棒獣をしかめ面で見ていた。

「夕食の時間を楽しみにしているよ！」

ヴィクトルたちは、わざわざ丁寧に玄関先から見送ってくれた。

もうリズの良心の痛みは、ズキズキに変わっていた。それなのに、当の息子であるジェドは平気そうだった。

「面倒な社交の一環だが、俺はまず宰相らと会う予定だ。王宮内にはいるから、もし一人で対応が難しいようなら、警備兵か騎士に言えば案内してくれる」

カルロがいるから馬車はいらないと断ったのち、屋敷から離れてすぐ、恋人モードから鬼上司に戻って彼がそう言った。

これから向かう王宮では、別行動になる予定だった。合流するならカルロに伝言を持たせた方が早いのだが、ジェドは人を使えと指示した。

『俺がいない間は、そばからカルロを離すな』

そう念を押して言われた。恐らく、幼獣にもしものことがないよう戦闘獣をそばに置いておけ、というわけだろう。

リズは、そのカルロをちらりと見た。

隣を歩く馬よりでかい大型獣は、圧倒的な存在感を放って目立っていた。歩調を合わせて、物珍しそうに王都の大都会を見やっている。

「了解です。あの、カルロをこうして歩かせても大丈夫なんですか……？」

答えつつも気になって尋ねる。屋敷を出てからというもの、カルロの存在は王都の人たちから遠巻きに大注目を受けていた。

「獣騎士団の存在は、こっちだとより根強く知れ渡っている。だからわざわざ、俺もお前も指定の軍服を着用している」

「これって、獣騎士団の者であると安心させるためのものでもあったんですね」

リズはなるほどと納得する。王都の人々の視線に恐怖はない。戦闘獣は相棒騎士、または教育係の言うことは絶対に聞くと認知されてもいた。

屋敷から近いからと、王宮までの道のりを覚えがてら進む。

「あの王家の紋が見えるか？」

見えてきた王宮の方を、不意にジェドが指して言った。

「獣のシンボルマークが入っているだろう。あれは、白獣がモデルになっている」

「えっ、そうなんですか⁉」

「ニコラスも言っていたが、白獣は一部聖獣として扱われている。王族派もその一つだ。ここで暮らしている王都民たちは、戦闘獣を危険な大型獣というだけでなく、国の守り神として神聖視もしている」

だから出歩くのは平気であるらしい。

見慣れてはいないはずなのだけれど、たしかに誰もが親しみでも覚えているかのように、そっとしてくれているのも感じた。

国と自分たちを守ってくれている。そう認識されていることに、リズは感慨深さを覚えた。

「ニコラスの方はいったん任せるが、無理だと感じたら、その辺の奴らに俺のいる場所を聞け」

王宮に到着してすぐ、またしても念を押すように言われてジェドと別れた。

通路を反対側へと進んでいったジェドを、カルロと共に見送った。心寂しさが込み上げたが、自分はここに唯一いるジェド直属の部下だ。

彼は社交もあってなかなか自由に動けないので、一人でもがんばらなければ。よしと意気込んで、リズは立派な王宮内への緊張を頭から振り払った。

「昨日行った、ニコラス殿下の部屋に向かえばいいのよね。なら、まずは二階を目指しましょうか」

床なので筆談はできない。けれど声をかけると、カルロが表情豊かなしかめ面と「ふんっ」と鳴らされた鼻息で、『了解』と伝えてきた。

リズは、早速カルロを連れて行動を開始した。

昨日の道順を思い出しながら、二階へと上がる。警備の者も顔を覚えていたのか、それともカルロを連れているからか。遠目から顔パスのように「どうぞ」と仕草で通行を許可される。

「副団長様が言っていた通り、近づいてくる人がいないのは助かるわね」

ジェドの未来の婚約者、ということについて詮索されないのはありがたい。

そう思いながら、王族の私室がある場所へ向かうため回廊を渡る。ふと、リズは下の方に別れたジェドの姿を見つけた。

「うわぁ……移動中なのに、もう人があんなに集まってる」

下を横切っていく彼を、貴族の男女が囲んでいた。

にこやかに話しをしているジェドは、普段の鬼上司とは思えないくらいに貴族感があふれている。綺麗な女性と並んでいて絵になった。

「やっぱり、どう考えても、私が恋人役なんて無理があるわよねぇ……」

まとっているオーラからして違っていると思う。伯爵である彼や、そこにいる令嬢たちと比べると、庶民で、平凡で、あまりにも何もかも違いすぎた。

そもそも、ただのふりなのに意識する方がお門違いだろう。昨日はドキドキさせられっぱなしだったが、あれは周りに「恋人です」と見せつける必要があったからだ。

「団長様が私を本気で相手にするはずなんて、ないもの」

彼からしたら、リズは子供で魅力がない。

そう思って口にしたリズの後ろで、カルロがやれやれとため息を漏らしていた。

◆§◆§◆

「昨日、ご挨拶されてすっかり仲がよくなった、とはグレイソン様から聞いております。早速、殿下に会いにいらしたんですよね？　どうぞこちらへ」

王族の私室がある場所に出てすぐ、近衛騎士に声をかけられた。

どうやらニコラスが到着を待ってくれているらしい。そのため、こちらの説明もいらず、かなり離れた状態でリズはカルロと共に案内された。

私室に到着してみると、床に敷かれた絨毯に座っているニコラスの姿があった。

「殿下、わざわざ下に座らなくとも……」

扉を開いた近衛騎士が、リズたちを少し離れたところに待たせて目を瞬く。彼の膝の上には幼獣がいて、気持ちよくブラッシングされていた。

「風の通りが、一番気持ちよかったからだ！」

どーんっ、と太陽みたいな明るい笑顔でニコラスが断言する。

「はぁ、左様でございますか。グレイソン様の婚約者様をお連れしました」

「ありがとうジェイコブ！　新米のトゥニーとウッドによろしくな。あっ――うむ、ご苦労であった」

ハッと彼が口調を王族っぽく言いなおす。近衛騎士が、少し照れた表情を騎士流のお辞儀で隠して、去っていった。

カルロと入室したリズは、閉まった扉を見た。王族の護衛にあたっている騎士は何十人といるはずだがと考えた時、ニコラスの声がした。

「ジェドからは、リズとカルロをつけると頼もしい知らせを受けたぞ。内密の調査だから、周りの者には遊びにきていると伝えてある」

「ああ、そうだったのですね」

道理でスムーズに案内されたわけだ。

ニコラスの膝の上の幼獣を見ると、まだブラッシング最中だった。終わるまで待とうと考えたところで、彼に手で同席を許可され腰を下ろす。

「ふふっ、さすがはジェドの恋人だ。すんなり座ってくれるとは」

「え？　もしかして、ダメだったんですか？」

「全然いい。清潔にされている。他の者は、それでも遠慮するのだ」

肌触りのいい絨毯なのにな、と、リズは手で触って思った。視線を戻した拍子に、こちらを見た幼獣とぱちりと目が合う。

「みゃう！」

やや大きな、先の丸い犬歯を覗かせて幼獣が元気に鳴く。ボリュームのあるもふもふの尻尾が、ぱったんぱったんと揺れた。

声もほんの少し、お兄ちゃんっぽさがあるだろうか。リズは微笑ましくなる。

「かわいいですね。もう離乳しているとは聞きました」

「うむ。どうやら、リズのことが好きみたいだな。火を通してやわらかくしたものをあげているんだが、味を覚えて最近は食事量も増えているぞ」

うれしそうに報告したニコラスが、ブラッシングの手を止めないまま、不意にリズの向こうにいるカルロへと視線を移す。

「それにしても、本当に大きいな！　伏せの姿勢でも俺の頭より高いぞ」

「えーっと……カルロは特別大きいらしいです」

「さすがはジェドの相棒獣だ。いつか、とんでもない白獣と出会うに違いないと言い続けていたが、俺の予想をはるかに超えたな」

　そこでニコラスが、一度言葉を切って真面目な表情をした。

「実を言うと、ごつごつしたのが来るかと思っていた。カルロは立派で美しい」

　……そんなことを思っていたのか。

　戦闘時以外の姿は、みんなとても優美だ。それでいて他の戦闘獣より一回り大きなカルロは、たしかに毅然とした態度がとても似合う獣でもあり――。

「とくにもふもふ度合いが、すごくて」

　リズは思い返して、そうしみじみとつぶやいてしまう。

「なんだって？」

　ニコラスが、聞き間違いかと彼女を見た。ちょっと得意げに顔を上げたカルロがリズをフォローし、大きな尻尾を優雅に揺らして彼の気を引く。

「おぉっ、尻尾もなんとふわふわなのだ！」

「他の子よりも大きいので、ボリュームもあるんですよ」

リズが教えるそばから、ニコラスが好奇心に目を輝かせて片手を伸ばす。

だが、捕えようとしたカルロの尻尾は、さっとどかされ、下の絨毯にニコラスの手がぺちんっとあたる。

再びカルロが尻尾を寄せ、またしても彼が手を伸ばす。またしても空振りし、ぺちんっ、ぺちっ、ぺちんっ……と繰り返された。

——カルロに遊ばれている。

リズは、それを王子様に告げていいものか悩んだ。カルロはニヤリとした顔で向こうを見ていて、猫じゃらしのごとくニコラスの手をもてあそんでいる。

「みゅっ、みょ！」

すると幼獣が、ニコラスの膝の上から〝尻尾じゃらし〟に便乗した。何度かもふもふパンチが繰り出される。

と、不意にその勝気な紫色《バイオレット》の目が、きらーんっと輝いた。

「あ、ダメよっ」

リズの言葉は間に合わなかった。勢いをつけられた幼獣の短いもふもふの手が、スカッと空振りして絨毯に転がり落ちた。

「あぁ！　すまぬっ」

ハッと気づいてニコラスが叫ぶ。するところんっと一回転しかけた幼獣を、カルロが大きな尻尾で包み込んでキャッチした。

逆さになって止まった幼獣が、きょとんとする。

リズとニコラスが、ハラハラして注目した一瞬後。幼獣がもふもふに包まれたのを喜んで、きゃっきゃっと上機嫌そうに鳴いた。

カルロが、やれやれと言わんばかりに鼻息を漏らした。そのまま尻尾で幼獣を寄せられ、リズは抱き上げてニコラスへと受け取らせた。

「ありがとう、ジェドの相棒獣カルロよ！」

ニコラスが、ぎゅぅっと幼獣を抱きしめる。

以前、カルロは〝女王の子らを守っていたこともある〟らしい。そう教えられたことを少し垣間見れたような気がして、リズは彼に微笑みかけた。

「カルロ、ありがとう」

「ふん！」

感謝を伝えただけなのに、そっぽを向かれてしまった。

照れ隠しかしら……白獣は幼獣を守る性質があるので、恥ずかしがらなくてもいいのにとリズは思う。

「きっと照れ隠しだろう。ジェドも、よくそんな感じでしかめ面をするぞ」

さらりとニコラスが指摘した。幼獣を抱えなおし、残すところの尻尾のブラッシングに取りかかっている。

どうやら正直な性格で、思ったことを口にするタイプでもあるらしい。王子様なので、発言を我慢しないのは当然なのかもしれないが。

「……殿下、カロルが微妙な空気をかもし出しているので、少し抑えてくださると助かります」

「何がだ？　ジェドといえば、こいつと出会ったのも獣騎士団へ遊びにいった時だったな。幼獣舎でも見てこいと言われて、そうしたらぴったりついてきたんだ」

それが、きっかけだったという。

初めは気紛れだろうと思われた。しかし、雛のようについてくる幼獣を、ニコラスから引き離そうとしたところ全力で嫌がった。

『幼獣が望むのなら、無理にあきらめさせるべきではない』

それを目にしたジェドが、そう言ったらしい。そして獣騎士団に滞在している間、その幼獣だけニコラスへ特別につけられることになった。

「へぇ。あの団長様が、そんなことを」

鬼上司の印象が強烈なので、リズにはその言葉が少し意外だった。

「ジェドは、この子たちが望むようにするのがいい教育だと言っていた。副団長のコーマックも後押ししてくれてな。連れていった護衛たちには悪いが、滞在中は俺だけ獣騎士団の本館側に泊まったんだ」

「その際にも、幼獣と一緒にお休みになられたんですか？」

「うん。どこへ行くのも、一緒にいたがったから」

少し幼い感じで、ニコラスがこくんとうなずいて答える。

「それで、結局は王宮まで連れて帰ることになった。エドモンドがいたから、父上たちもジェドの提案を歓迎して、こうしてずっと一緒にいる。でも……」

最近、あの『怖い視線』があった。それからというもの、王宮内を歩いていると不安を覚えるような視線を感じたりするようになった――。

今回、手紙にあった相談事を改めてリズに語った彼が、ブラッシングを終えた幼獣を抱き上げた。

「親友から預かった、大切な白獣の子だ。我が国の守り神で、聖獣。俺のそばから離れたがらない間は、俺が、ジェドの代わりに守らなきゃって」

ニコラスは、自分の頬に楽しげにすり寄ってきた幼獣を抱きしめる。カルロも首を伸ばして見守る中、ぽつりとリズに続けた。

「本当は、もしこの幼獣がジェドを見て帰る気になるんだったら、そのまま連れて帰ってもらおうと思っていたんだ。それが一番の解決策だし」

「えぇっ、それが呼び出しの目的でもあったんですか？」

「ジェドは獣騎士団の中で、白獣の子育てが一番うまいからな。でも一番幼獣に好かれているジェドが来ても、こいつは俺にくっついたままだ。だから、そのまま連れて帰らせるという件はなしになった」

そうニコラスは語って幼獣をなでる。

団長様が、幼獣育てが一番うまい？　つまり獣騎士団一の〝パパ〟……？

リズは、想像が追いつかず困惑した。たしか彼の父が、幼獣を育てるのはとてもうまいのに、ということを口にしていた気がするけれど。

「守りたいんだ。何も、危険を与えたくない」

そんなニコラスのつぶやきが耳に入って、リズはハッとした。

「私とカルロがいますっ。そのために、私たちはここにいるんですから！」

半ば腰を上げ、ニコラスににじり寄ってそう告げた。

今は目の前に集中だ。ここに来た目的を思い出せ。自由に動けない彼のためにも獣騎士団員の一人としてがんばると、そう決めたじゃないか！

ニコラスが、大きく目を見開く。続いてカルロが少し頭を上げて「ふんっ」と同意したのを見ると、そのカナリア色の目が潤った。

「――うん。うん、聞いているとも。ジェドが、よこしてくれた協力者だ」

自分を落ち着かせるように言ったニコラスが、ぐしぐしと目元をこする。そして強さが戻った真面目な顔で、うむとうなずいた。

「ジェドが自分の相棒獣と、そして、とくにその相棒獣を立派に育て上げた恋人を直接、俺の力にと貸してくれたのは心強い」

かなり高評価を抱かれているらしい。リズは非戦闘員なので、昨日会ったばかりの彼に信頼されているのを不思議に思った。

「カルロがいると心強いのはたしかですけど、どうして私まで信用してくださるんですか？」

「ふふんっ。一目見て、ジェドの雰囲気がやわらかくなったことに気づいたぞ。何せ大親友だからな！　さすがは未来のグレイソン伯爵夫人だ」

……ただの恋人役で、偽物なんですけど。

彼の信頼するところの根拠がわかって、リズは不安になった。そして先程から聞くに、どうやら彼の中でジェドはすっかり〝大親友〟に昇格しているようだ。

「それでは早速、行くか」

幼獣を胸に立ち上がったニコラスの一声で、二人と二頭は動きだすことになった。

◆§◆§◆

まずは、視線を感じた場所などをニコラスに案内してもらうことになった。

彼を先頭に、先程通ってきた回廊も通過する。いくつかの大きな廊下を横切って、気づけば、これまでの半分程しか幅のない通路に出ていた。

「人の気配がないですね」

リズは、きょろきょろとして尋ねた。均等に並んだ小さな窓に、カルロが窮屈そうな目を向けている。

「この時間は静かなんだ。まずはあまり人目もない方がいいと思ってな」

のちの調査も考えると、明らかに何かを調べて見て回っている、という印象を与えない方がいいだろう。

どうやら、ここは王宮の関係者以外は、通らない通路であるらしい。質素にも思える小さな部屋の扉、時々脇へとそれる細い通路がつながっていたりする。

「このエリアを担当している使用人と、任されている騎士。または出入りを許されている貴族が近道に使うために通るくらいだな」

「近道ということは、中間地点だったりするんですか？」

「厳密に言えば中間位置ではないが、俺たちにとっては使い勝手がいい道だ。出入りする者たちで、ごちゃごちゃしている大きな道を通らずに、公務をする建物の方へも渡れるし、政務や騎士団といった王宮の各場所へも移動できる」

「ああ、だから『中間の近道』なんですね」

「まっ、ほぼ仕事向きなので、散歩がてら歩く貴族はいないというわけだ」

そう簡単に説明がしめられた時、通路の終わりが見えた。

そこを抜けた途端、風が吹き抜けてリズの春色の髪をさらった。片側の塀の向こうには外が開けていて、中央庭園、そして王宮の正面玄関へと向かって歩いていく人々の様子が見えた。

「うわぁ、すごい。ここって正面通路のちょうど横側なんですね」

「みゃう！　みゅみゅっ」

「あら、あなたも好きな場所なの？」

ニコラスの胸に抱えられている幼獣が、リズに教えるように小さな前足を外の景色へ「んっ」と向ける。ようやく狭い通路から出られたと言わんばかりに、カルロがぶるっと体を揺すっていた。

「こっちだ」

ニコラスが呼んで、やや小走りで中央へと向かう。

「強めに視線を感じた一つは、ここだ。ちょうどその時、使節団が多く入っていくところだった。それを、ここで一緒に眺めていたんだ」

「使節団ですか？」

「うむ。父上、陛下へ贈り物を届けにきていた」

そういえば、ジェドに話をしにきたエドモンドが、そんなことを言っていた。ニコラスのいる塀の前に、カルロと共に並びながら、リズは思い返す。

「その時は、外のどこからか視線を感じた。だから出入りも多い中で、その外国の者の誰かが幼獣を狙っている可能性を考えたんだ」

リズは、ふと続いてエドモンドの意味深な言葉がよみがえった。

このウェルキンス王国にしかいない、守り神の、聖獣――今になってようやく、彼が『特別な戦闘獣』と口にしていた理由を察した。

「国内の密猟問題以上に、外国ではより注目されているんですね」

「うむ。聖獣と呼ばれている希有な魔力保有種族はいくつかあるが、翼もなしに空を飛ぶのは白獣だけだ。その美しい容姿から、外国の王侯貴族にも知られている」

嫌なことを思い出したかのように、カルロが鼻頭にしわを刻む。

話を聞いたリズは、少し考えた。

「殿下、その外国の方々の出入りがあったタイミングで、強い視線を感じた場所は他にありますか？」

「ん？　あるぞ。何か考えがあるのか？」

ニコラスと同時に、幼獣もぴこんっと耳を立ててリズを見る。

「もし外国の者が怪しいというのであれば、まずは殿下が視線を感じた場所を見る優先順位を、その使節団訪問などに的を絞るのは、いかがかなぁ……と思いまして」

みんなの視線を受け止め、だんだんと声が小さくなる。スムーズな調査を思っての提示だったが、戦闘員でもないので自信はない。

するとニコラスが、前向きに検討する表情を見せた。

「名案だと思うぞ。近くにもう一カ所、別の国からの使者の訪問があった時に視線を感じた場所がある。そちらも、ここと同じで人の通りはない」

もともと、外国関係かと予想していたこともあるのだろう。ニコラスがそう言うなり、「こっちだ」とリズとカルロを呼んだ。

軽快に動きだしたニコラスに続いて、裏道のように細い通路へ入と入った。

「ちょっとカルロには窮屈な道ですね……カルロ、大丈夫？」

「ふんっ」

「隣接している通路に出られるようになっているんだ。そこには、関係者用の休憩用テラスもあってな。そちらに出れば、カルロの大きさでも大丈夫だ」

説明を聞いているうちに、細い通路に入る直前と同じ雰囲気の廊下へ出た。通路には大きめのテラスがいくつか併設されている。

「お庭付きもあるんですね」

言うリズのそばで、肩を狭めて歩いていたカルロが、ようやく窮屈さから解放されてぶるっと尻尾まで振るう。

「まぁな。通りがてら、ここでたまに宰相らも少し足を休めていたりする。表を歩いていると、声をかけられてゆっくりできんからな」

言いながらニコラスが、ぱたぱたと目的の場所を目指した。

「ここが、俺がよく外の眺めを楽しんでいる場所だ」

　そこは、半円柱形のちょっとした出窓だった。ちょうど一人分が立てるスペースがあり、幼獣を抱っこしたニコラスがぴったり収まる。

「しかもな、誰が忘れ物をしたのかは知らないが、ちょうど高さがばっちりなのだ！」

　そう楽しげに教えてくれた彼の下には、小さな台が一つあった。

　どうやら使用人もわかっていて、気を使ってさりげなく設置したのだろう。リズは察すると同時に、ニコラスという王子の性格が少し掴めた気がした。

「殿下って、とても純粋な方でいらっしゃるんですね」

「何をしみじみ言っているのだ？　見てみろ、ここからも城の正面通路が見えるぞ。使節団の入場を、こいつと一緒に鑑賞していたら視線を感じたんだ」

　指を差して教えられたリズは、恐縮ながら彼の隣から外を覗き込んだ。カルロが首を伸ばして上から見る中、不思議に思って尋ねる。

「あの、殿下。この通路は裏道みたいなものですよね？　先程と違って目立たない場所ですし、それなのに視線を感じたのですか？」

「うむ。それが、俺も少し不思議でな」

　答えながら、ニコラスが後ろを振り返る。

「実を言うと、そちらあたりからも一度、誰かに見られたような気配を感じた」

「え？　外ではなくて、通路内から？」

「うむ。たびたび王宮内でも感じるんだが、そこは外部の者も行き交う場所だ。でも、ここはごらんの通り無人になったりする」

彼は片手で幼獣を抱っこし、この場所を示す。

「あの時もそうだったんだ。そして、視線を感じてこうやって振り返ってみたら、来た時と同じく誰もいなかった」

「それは不思議ですね……。人の通りがあるのならわかりますが、誰もいないところから視線を感じたというのは、いったいどういうわけなんでしょうか？」

「だから俺も、気のせいかもしれないと感じた場所の一つでもある」

「そうだったのですか……うーん……」

リズとニコラスが、ほぼ同じタイミングで小首をかしげる。

その時、やや勝気な印象が強い紫色《バイオレット》の目でリズを見ていた幼獣が、ニコラスの腕の中でもぞもぞと動きだした。

「みゃう！」

「え？　どうしたの？」

リズは、呼ばれたような気がして応えていた。

「みょ、みょみゅっ」

幼獣が短いもふもふの前足で、通路の方を指している。

そこに変わったものなどない。ふわっふわっと白い毛並みを揺らしながら、身振りで幼獣に訴えられたリズとニコラスは首をひねった。

ふと、リズは思い付いてカルロを見た。彼がうなずき返すのを目にすると「ちょっとこちらへ」とニコラスを誘って、庭付きのテラスへ移動した。

「いったいなんだ？」

「殿下、申し訳ありません、この芝生を、少しだけひっくり返しても平気ですか？」

「別にかまわんぞ。幼獣もたまに遊んで掘ったりするしな」

するとカルロが、「ふん」と鼻を鳴らして爪を一本出した。不思議そうにしているニコラスの前で、芝生をどかすとガリガリと字を刻み始める。

「なんとっ、字が書けるのか！　すごく利口だな！」

「ふふっ、私も初めて目にした時は驚きました。筆談できるとは思ってもいなくて」

「何っ？　教育を受ける前から字が書けたのか!?　そんなことは獣騎士団始まって以来ではないだろうか。さすがはジェドの最強相棒獣だ！」

悩む時間はどこへいったのか、二人の間にのほほんとした空気が漂う。

ニコラスの腕の中から、幼獣がちょっと心配そうな目を向けていた。カルロも緊張感が続かないリズたちにあきれている様子だ。

やがて、カルロが一文目を書き終えた。

【この幼子、そこの王子に何度アピールしても、まったく伝わらなかったからあきらめていた、と言っている】

……これまで接してわかったニコラスの性格から、リズはなんとなく想像がついてしまった。

「そうだったのね……それで、幼獣はなんと伝えようとしているの？」

尋ねるリズのそばで、カルロが反対側の前足でざしざしと土の上をならす。その筆談の様子を、ニコラスが物珍しそうに眺めていた。

【ここの向こうに、人間の匂いが続いている、と】

「ここって、もしかして壁ってこと？」

リズが確認すると、カルロと揃って幼獣もうなずき返してくる。

「じゃあ、実際に通路を通っていた人がいて、見ていたということなの？」

【この幼子も、通った人間の姿を見てはいないらしい。壁の向こうに匂いが続いてい

るのを、不思議に思ったと。もうすでに匂いはなくなっている】

カルロが、一度幼獣に確認するように目を向け、最後にそう書き示した。

しばらく、リズは真面目に考えた。幼獣がニコラスの腕の中で、片耳をぴこぴことさせて待つ。

「――匂いが続いているというのなら、きっとそこに誰かがいたのはたしかで、壁の向こうに消えていったのも事実なんだわ」

そう確信をもって口にしたリズを、ニコラスが不思議そうに見つめる。

「根拠もないのに、どうしてそう言いきれるんだ？」

「この子がそう言ったんだもの。なら、それは事実なんだわ」

真っすぐに信じている。そうわかるリズの目が、続いて幼獣ににこっとした。

「教えてくれて、ありがとう」

「みゃう！」

よしよしと頭をなでられた幼獣が、きらきらとした目で誇らしげに鳴いた。とてもうれしそうだった。

「カルロも、伝えてくれてありがとう」

「ふんっ」

「なんで不機嫌そうなの？」

鼻を鳴らされながら、ぐいっと頭を寄せられてしまったリズは、ひとまず鼻の上をなでてから「よし！」と意気込んで早速動きだした。

ニコラスが、幼獣に「みゅみゅっ」と仕草で伝えられてリズの後を追う。

リズは、彼用の台が置かれている窓の向かいあたりの壁を調べた。押しても反応するところはなく、ぺたぺたと手で触ってみるもののつなぎ目などもない。

見守っていたニコラスが、ふと自分が抱っこしている幼獣に目を落とした。

「ん？　何か言いたそうだな」

もしかしてと、ニコラスがリズの元へ近づく。すると幼獣が、リズに教えるように愛らしい前足を「んっ」と向けた。

リズは幼獣の反応を確認しながら、場所を少しずつ移動する。

「もっと、右……？　もうちょっと下？」

ほとんど幼獣を見ていたから、足元に注意を払っていなかった。

壁を探っている手をじょじょに下へ。それに合わせてしゃがんでいたリズは、横に移動した拍子に、自分のスカートを踏んづけて転んだ。

「ふぎゃっ」

——なんでこんなところでころぶのおおおお⁉

ばさっとスカートが広がってしまい、十一歳の王子様の前でなんてことを！とおののいた。しかし直後、何かをガツンと手で押した感触がして、歓声が上がった。

「おぉっ、さすがはジェドの婚約者だ！　これは隠し通路の一つだな！」

ん？　隠し……？　いったい何があったのか。

カルロが、やれやれとスカートを下げる。状況が気になって格好どころではなかったリズは、そのままニコラスが覗き込んでいる壁の下あたりに目を留めた。

そこには、ポッカリと小さな入り口が開いていた。

「へ、何これ——ま、まままさか、壊し……っ⁉」

一瞬、恐ろしい想像が脳裏を駆け巡ってパニックになりかけた。カルロが頭を押しつけて合図して、庶民のリズはハタと落ち着く。

立ち上がると、その〝綺麗な四角の穴〟をこわごわと観察した。

「これ、壁の一部が、横にスライドしている……？　ということは、私が壊したわけではないんですよね？」

「女子《おなご》が転んだだけで壊れる建物ではないぞ。この城は歴史が長くて、把握されているだけでも結構の隠し通路があるとは聞いている。これもその一つだろう」

あれ？　そうすると、王子を見ていたその誰かも城の構造を知っていることに――。

そう考えかけた時、小さな入り口をもっと覗き込んだリズの足元が、ガコン、と不意に傾斜した。

「えっ？」

どうやら入るための仕掛けもあったらしい。大人がくぐるには、どうりで小さいと入り口だと思った……って、そんなこと考えてる場合じゃない！

嘘、と背中が冷えた次の瞬間、リズの体は隠し通路へ向けて前のめりになった。慌てて幼獣が、かぷりっと咄嗟に彼女の後ろ襟をくわえる。

――が、小さな体で支えきれるはずもなく。

助けようとした小さな幼獣と、その彼を抱えているニコラスをも巻き込んで、リズは一緒に通路へすべり込んでしまっていた。

がこんっ、と再び音がして傾斜が急になった。

「きゃぁあぁあ――――っ！」

すさまじい傾斜のせいで、すべっていく勢いも倍増した。悲鳴を上げて先頭をすべるリズの後ろに、転がり落ちたニコラスがばこんっとあたってくっついた。

――加速が、いよいよマックスになった。

リズは、ぶわっと涙目になって甲高い悲鳴を上げた。しかし彼女の背にいるニコラスは、しっかり抱えた幼獣と共に楽しそうに笑っている。

「わははははは！　なんだこの通路っ、ちょー面白いぞ！　あっはははははは！」

「笑い事じゃないんです殿下いやあああああっ、殿下を一緒におっことしちゃって本当にごめんなさいぃぃぃぃぃ！」

リズの悲鳴が、すべり台のような細い隠し通路内を移動していく。

王宮内で、それを壁越しに鈍く聞いた者たちが「いったい何事⁉」と目を向けて言っていた――なんて二人と一頭は気づくはずもない。

「みゅん！」

幼獣が、何事かひらめいたかのように、やんちゃな瞳をきらんっとさせた。

「え？　何、何か伝えようとしてるのっ？」

まるで声をかけられてみたいに思って、リズは肩越しに目を向けた。ニコラスにも見つめられると、幼獣が任せろと言わんばかりに意気揚々とうなずいた。

「あなた、なんでそう楽しそうなのっ？」

「ふむ。リズは涙目だな――どうした？」

「殿下っ、今、私たちすごくまずい状況なんです！　私に殿下と幼獣の命がかかっている状態なんです！」

リズは、性格が底抜けに明るい鈍い王子にそう教えた。

このままの勢いですべって出てしまったら、軽傷ではすまない。自分が下敷きになって守ったとしても、その後彼らを助けることはできるのだろうか？

その時、幼獣がすぅぅっと息を吸い込んだ。わざと呼吸を詰まらせ、むぐぅっとむせるのを我慢する表情をした。

「げほんっ！」

直後、口が大きく開かれ、盛大な咳の音と共に、春の嵐のような強大な突風が勢いよく吐き出された。

——幼獣の成長期にある〝魔力吐き〟だ。

魔力も成長中の幼獣は、過剰分の魔力が、こうしてげっぷとして吐き出される成長症状があった。

魔力の性質によって、火だったり冷気だったり様々だ。走り抜けていった巨大な風の勢いで、リズとニコラスのすべっていく速度が急速に落ちる。

「えぇぇっ、あなた自分で魔力吐きを調整できるの⁉」

リズがびっくりしている間にも、ずっと先でぶちあたった風が、ドゴンッと何かを押して開く音が上がった。

続いて幼獣が、自分の喉の調子を確認する。

「んっ、んん――……みゅっみゅー！――ぎゃわん！」

最後、ようやくといった感じで、幼獣の口からやや犬っぽい〝ほえ〟が出された。

と、一拍の間を置いて、

「ヴォン！」

すべり落ちていく先の方から、野太い獣の立派なほえ声がした。

あ、カルロだ。そう気づいた直後、リズは、ニコラスと揃って隠し通路から吐き出され、真っ白いもふもふに勢いよくダイブしていた。

最上級のクッションのような、至上のもふもふに包まれている。

めっちゃ心地がいい。リズは一瞬、状況が頭からポンッと飛びかけた。続いて、カルロが受け止めてくれたと理解し、安心した。

「うぅ、カルロありがとう」

恐怖から大宝された途端、気が抜けてぺたりと座り込む。涙の気配を察したのか、カルロがリズの顔をべろんっとなめた。

いったいどこに出たんだろう。それを確認しなくちゃと思うのに、リズは安心して涙が出そうな目をぐしぐしとこすった。

それに対してニコラスは、胸に抱いた幼獣と共に上機嫌だ。

「リズ、今のすごく面白かったぞ！　またやろう！」

床に座っている彼が「わははは」と大笑いした。危機感なんて、まるで覚えていないらしい。男の子特有の冒険心みたいなものだろうか？

「か、勘弁してくださいぃ」

そう答えたところで、リズはハッとしてすばやく土下座した。

「殿下っ、このたびは本っっっ当にすみませんでしたあああああ！」

「いきなりなんだ？　どうした？」

「わ、私、い、一国の王子様になんてことを……っ」

「なんだ、隠し通路のことか？　ははは、この隠し通路はまるで巨大なすべり台みたいだったな！　実に楽しかったぞ！」

大変満足で笑うニコラスと、きゃっきゃっとはしゃぐ幼獣。うわあぁあと反省の叫びを上げているリズ……その騒がしいカオスな様子を見下ろすカルロは、珍しく困ったような表情だった。

その時、座り込んでいるリズとニコラスの上から、知った声が降ってきた。

「お前ら、何をしているんだ？」

カルロの横から、ジェドが訝って顔を覗かせている。

「なんで団長様が？」

間の抜けた声を上げたリズは、そこでようやく辺りの様子に気づいた。

貴族、軍人、使用人も交じった男たちが、ぽかんとこちらを見ていた。飛び込んできた大型獣のカルロに驚いたのか、離れて見守っている状況だった。

「こ、ここは、いったい……」

「サロンの一つだ。ちょうど、少し調べたいことがあってな。陛下の権限でしばらく貸し切りにしてもらった――このことは内密に」

手短に説明と指示をされる。もしかしたら軍関係だったりするのだろうか？

詳細は尋ねないでおくことにして、リズは気の抜けた顔でうなずいた。

「はぁ、わかりました」

そう答えた時、ニコラスが「あっ」という声を上げた。幼獣が大きな紫色《バイオレット》の目をきらきらさせて、ジェドの腕にぴょんっと飛び乗っていた。

「ほぉ、たった一頭しかいないのに、離乳期の成長段階に入れたのか。偉いぞ」

幼獣を片腕に抱いたジェドが、そう褒めて頭をなでる。

その様子を前に、リズは目をパチパチとしてしまった。

「団長様、もしかして幼獣とお話をしているんですか……?」

「グレイソン伯爵家の人間は、相手の白獣が受け入れれば魔力をつなげられる。この年頃の幼獣は、意思疎通もへたで、イメージを伝えてくる程度だがな」

つまり心の中で会話をするまでには至らない、ということだろうか。

その間もジェドは、幼獣に続けてこう言い聞かせ始める。

「だが、この成長段階を少し過ぎれば、その魔力吐きもなくなるからな? ん? 面白かったのか? まぁ、あれだけため込んでいたのを盛大に吐き出しても、気分が悪くないのはいいことだ。お前は強い子だな。よし、わかったか、いい子だ」

耳もぐいーっとなでられた幼獣が、とてもうれしそうな顔をした。自分から、ジェドの大きな手に頭をぐりぐり押し付ける。

――いつもの鬼上司っぷりもなく、なんだかいいパパな雰囲気である。

リズは、ジェドが幼獣をあやすのをぽかんとして見守っていた。つい先程、ニコラスから聞いた〝獣騎士団一のパパ〟のことが思い出された。

最後にもう一度なでて、ジェドが幼獣を下ろした。

幼獣が、ととっと走ってニコラスの胸へとダイブする。

受け止めた彼が、幼獣になめられまくって「わははは」と笑い声を響かせた。やや後ろへと傾いたその背を、カルロがやれやれと尻尾で支える。

その時、ジェドがリズへ手を差し出した。

「あ、ありがとうございます。さっきの魔力吐きは、いつものとは違うんですか？」

リズは、手を借りて立ち上がりながら尋ねた。

「幼獣は離乳すると、魔力の成長も次の段階に入り過剰になった魔力を自分で察知できるようになる。すると、いらない分を意識的に吐き出すのも可能になる」

ジェドは、リズの手を握ったままニコラスたちの方を見る。

「一頭だけ離れて育っているから、どうなるかと思って気にしていたんだが。今回の一件で、うまくコツが掴めたらしい」

「そう、ですか」

なんだか、幼獣を見ている彼の横顔が、成長を見守っているパパみたいに見えてリズはドキドキした。

ずっと手を握られているせいだろうか、意識して恥ずかしくなる。そろりと外してみると、彼は幼獣の件に気を取られているのかそっと離してくれる。

「――それにしても、えらくタイミングがいいもんだ」

ふと、独り言が聞こえてリズはジェドへ目を戻した。

「運は、陛下に味方していると取るべきか。まぁ、よくやった」

「え？　あの、今回のこと怒らないんですか？」

「なぜ怒る必要がある？　カルロのおかげで誰も怪我がなかった。ニコラスがあれだけ喜んでいるんだ。心配せずとも、そちらに関しては不敬にもならん――それで？　何があったのか、お前の口から聞いても？」

リズは、どこか鬼上司が優しい気がして動揺した。ジェドがそれとなく隠し通路を注目していることにも気づかないまま、報告を始める。

様子を見守っている男たちの中で、何人かが険しい表情で忙《せわ》しなくノートに何やら走り書きしていた。

「なるほどな。たまたま隠し通路の入り口を開けることができた、と」

話を聞き終わったジェドが、やや吐息交じりにそう言った。

「運が味方しているくらいタイミングがいいというか。お前は、いつも想定外の動きをするな――まさか、こんなところで合流するとも思わなかった」

「悪運だって言いたいんでしょぉおおおお!?」

リズは、思わず涙目になって言い返した。自分のふがいなさは、報告しながらひしひしと感じていた。

「ふむふむ、なんだ痴話喧嘩か？」

ニコラスは、カルロがそちらへと歩きだして二人の様子に気づいた。自分がお願いした調査の件で、ピリピリさせてしまっているのだろうか？

思い返せば、ジェドが恥ずかしがり屋だと紹介した通り、リズは外では絶対に名前呼びしないくらいに〝初心な娘〟だ。

「謙虚だよなぁ。二人きりの時だけ『ジェドったら♡』みたいに呼んで、あいつを甘やかしているのだろう」

まだ十一歳。恋愛経験ゼロのニコラスは、そう想像して考える。

リズはいい娘だ。初めての王都であるというし、婚約前旅行としてのいい思い出がつくれたらうれしいだろう。ジェドだって、同じ気持ちのはずだ。

――うむ。ここは自分が気を利かせてやろう。

ニコラスは、先日のプレゼントも、ジェドに大変喜ばれたであろうことを思い、

「ふふふ」とひそかに笑った。

幼獣が、きょとんとして腕の中からニコラスを見る。大人な二人へのサプライズを

決めた彼は、幼獣ににこーっと笑い返してぎゅっと抱きしめた。

「ふふふっ、エドモンドが戻ってきたら、残ってる媚薬で後押ししてやろう！」

大親友のジェドと彼女の仲を、もっとラブラブに近づけつつ、王都で最高の思い出をつくらせてやろうではないか。

まずは計画を立てようと、ニコラスは上機嫌に決めたのだった。

◆§◆§◆

王宮で再び別行動を取った後、リズは迎えに来たジェドと共に、グレイソン伯爵家の別邸へと戻った。

彼の両親との食事も済ませ、就寝の挨拶をして部屋へと引き上げる。

「あの後も、カルロと一緒に殿下のそばについていましたが、これといって不審な様子は周りに見られませんでした」

それぞれ湯浴みまで終わらせたのち、ベッドに潜ったリズは、枕を背にもたれかかっているジェドへ報告する。

リズはサロンを出てから、引き続きニコラスに王宮内を案内された。いつも幼獣と立ち寄っている場所も紹介され、その後に彼の自室へと戻ったのだ。

「そうか。俺の方は、なかなか収穫はあったな。どこかの誰かが、タイミングよくドジを踏んでくれたおかげでな」

思案顔で、ジェドがベッドの天幕を眺めながら言った。

「うっ、本当にすみませんでした……」

厳しい上司を思って謝った。役に立とうと思ったのに、王子様を巻き込んで隠し通路に落ちてしまったのはリズの落ち度だ。

幼獣も無事だったのは幸いだと、日中を思い出しながらベッドの脇を見た。そこには、ブラッシングも終えて寝そべっているカルロがいる。

「カルロ。今日は、助けてくれてありがとう」

「ふんっ」

またしてもそっぽを向かれてしまった。

ふと、その様子にニコラスが言った『照れ隠し』の言葉が浮かんだ。まさにその通りかもしれない。リズは、くすりとやわらかな笑みを漏らした。

「ううん。今日も、ありがとう。カルロには、いつも助けてもらってばかりね」

言いながら、手を伸ばして大きなカルロの背をなでた。彼は顔をそむけたまま、ぱったんぱったんと尻尾を揺らして応えてくる。

「例の公務に、獣騎士団を参加させないかと、改めて陛下から提案された。正式に参加すると返事をした。何か起こった場合、すぐに動けるしな」

そう話しだしたジェドへ、リズは視線を戻した。

幼獣の件で、念には念を入れるらしい。獣騎士団長が、しばらく王都に滞在する。式典は数日後であるし、よきタイミングであるのでぜひにと国王が強く希望されたのだとか。

そこでジェドは、獣騎士団側からは一小隊をつくって参加することを決めた。すでにコーマックたちには、参加の知らせを王宮から出してあるという。

「軍事協定が結ばれた式典、後のパレードにも参列する。その前の日に、合同演習で騎馬と騎獣による木刀戦も開催されることになった」

「それは……団長様、大忙しですね」

もともとプライベートではなかった。けれど本格的に公務への参加となると、いよいよ個人的な自由がなくなっていくのを感じる。

すると「まぁな」とジェドが吐息交じりに答えてきた。

「想定の範囲内だ。王都でゆっくりできないのは、いつものことだからな。それに合わせて、コーマックたちも早く来訪してくれるのなら、俺は助かる」

枕に背を預けて話す彼の横顔を、リズは不思議な思いで見つめていた。

なんだか、自然体な彼を目にしているようで新鮮だった。そうやって肩肘張らず一人考えている時、彼は力を抜いた落ち着いた表情を見せるのだ。

会話が途切れて、ジェドが明かりの灯ったベッドサイドテーブルから、紙が束ねられたものを手に取る。

――今の団長様、眉間にしわもないわ。

ベッドに座っているジェドが、リラックスしているのがわかった。こうして眺めていても、美しい横顔から視線は返ってこなくて。

「団長様、眠らないんですか？」

気づけばリズは、緊張も抜けた声でそう尋ねていた。

ジェドが、少し動きを止める。ややあってから、彼は小難しい字が並んだ書類から、枕に横顔を押しあてているリズへと目を向けた。

「なんだ、今日は騒がないのか？　昨日、あれやこれやと騒いでいただろう」

昨日、初日の就寝で、寝る位置だとかいろいろと言った気もする。

でもリズは、今日は単独行動に乗り出した初日で、疲れてもいて――。

そんな中でも、幼獣に優しかった彼の姿が印象的だった。なぜ、今そんなことを思い返すのか。眠たくて回らなくなってきた頭で、うーんと考える。

「よそ行きのつくった団長様じゃなくって、いつもの団長様と二人きりになったら、なんだか安心して」

「いつもの、俺……」

なぜかジェドが繰り返してくる。

とても眠い。独り言のようなつぶやきなのか、確認されているのか。リズはわからないまま、うとうとしながら「はい」と答えた。

「キラキラでにこにこな団長様より、いつもの勝気な表情をしたり、今みたいにリラックスしたりしている団長様の方が、いいなって」

「お前、今は二人きりなんだぞ。何もしない保証だってないのに、こうして俺がそばにいるのがいいのか？」

なんか、団長様が変なことを言っている気がする。ぎしりと彼が動くのを感じたけれど、もう眠くて眠くて、リズは目を開けていられなかった。

「リズ。リズ、まだ寝るな」

髪をすかれる感触がした。

「お前は、ああいうキラキラした男が好きなんじゃないのか？　今の俺は、軍服もきちんと着込んでいない。気取れてもない、ただの男だ」

「んん？　何を言っているんですか。団長様は、団長様じゃないですか」

シャツを一枚楽に着ている姿だけでも、くらくらするイケメンだというのに、いったい彼は何を言っているのか。

ああ、とても眠い。何を話しているのかわからなくなってくる。

リズは、手探りでジェドのシャツの袖を握った。知らず知らずの行動だったが、つかまえた途端に、昨日のパーティーで感じた安堵感が込み上げた。

「初めてのお屋敷や王宮が、不慣れで心細いです。でも、団長様がいるから」

思えば、ずっと彼が頼りだったのに気づく。あの密猟団の一件で、大きな穴に落ちてしまったリズを助けてくれてから、まるで彼だけ色彩が増したかのように不思議と目について。

ジェドの存在が、あの日を境に大きくリズの中に居座った。今日はほとんど一人で動いていて、そしてようやく二人きりになったら緊張が解けたのだ。

「団長様のそばが一番落ち着けるんです」

ああそうだと気づかされて、うつらうつらと口にしながらリズは眠りへと落ちた。

そのまま、すぅっとリズの呼吸が寝息に変わる。

ジェドは、若干赤くなった頬をぐいっとやって、彼女に握られたままでいる袖から目をそらした。

「そんなに安心されたら、余計に手を出せんだろうが」

昨日のパーティーでも、ずっと自分にくっついていた彼女を愛らしく思った。信頼されているように感じて、つい予定以上に振り回してしまったのは反省している。

「くそっ、かわいいな」

思い出したら、いよいよリズがかわいい。掴まれた袖をそのままに、ジェドは八つ当たり気味に横になった。

好きだと自覚して、よくよく見ていくようになってから、どんどん知れていく彼女に愛らしさが増してたまらない。

――昨日の就寝では、実のところジェドが一番落ち着かなかった。

予定よりも、かなり早く起きてしまった。それからずっと寝顔を見つめていただなんて、彼女に知られたら、女々しい男だと思われてしまうだろうか？

「この俺が、こんなに悩まされることになろうとは……」

どんな激務だろうと、取り乱すことなく集中して完璧にこなしてきた。それなのにジェトの中に、ひょんと飛び込んできたリズの存在。

今朝の件は、仕方がないのだ。目が覚めた時、隣ですやすやと眠っている彼女の顔が、視界いっぱいに飛び込んできた瞬間に心を奪われていた。

その様子が、とても新鮮でジェドの胸はいっぱいになったのだ。

こんなふうに迎える朝が、本当になって毎日続けばいいのに、と。信頼してくれているようなさまが、ジェドの中でリズに対する愛おしさをかき立てた。

でも、どうやらそれは気のせいではないらしい。

最近、信頼されているのではと節々に感じた。出会った時から意地悪だの鬼上司だのと怯えているのに、リズは今、ジェドのそばが落ち着くと言ったのだ。

——カルロのもふもふには負けているけれど。

そういえば、じっと見つめすぎて時間を忘れた一件は〝彼〟も知っている。

「カルロ、リズには教えるなよ」

ふと思い出して、いちおう釘は刺しておいた。

すると賢い相棒獣は、『んなのわかってるよ』と尻尾を一度振って応えてきたのだった。

四章　リズは護衛役も恋人役も任務中

それから二日は問題なく過ぎていった。

リズは翌日も、翌々日も、専属の護衛騎士エドモンドの到着を待って、カルロと共にニコラスのそばについていた。

ニコラスの不安を軽減したくて聞き手になる。実際に現場へ足を運んで、調査を進めつつも幼獣を守る大事な〝任務〟にあたった。

ここ二日間、ジェドはあちらこちらから引っ張りだこだった。たびたびリズもパートナーとして招待され、慣れない茶会や美術鑑賞に付き合ったりした。

おかげで、リズ自身の調査は忙しくなかったのだけれど、ちょいちょい挟まれる社交でばたばたと日が過ぎていった感はあった。

「団長様、いつもこんな感じならすごく多忙なのもわかるわ……」

王宮に到着したリズは、カルロと通路を進みながら、感心と同情がない交ぜになった感想を口にする。

今日、ジェドは公務の参加の件で打ち合わせが複数あった。てきぱきと支度しながらリズに日程を伝えると、そのまま先に王宮へ向かったのである。

仕事の話とはいえ、みんなジェドと話したいだけのような気もする。

先に行ったジェドのことを思い返していたリズは、いつも通りニコラスの私室を目指して二階に上がったところで、回廊からその姿を見かけてそう思った。

「……すごく若い令息と、また令嬢たちもいっぱいいる」

庭園に用意された大きな席の一つで、ジェドが貴族らと談話していた。公務に関わる公爵らとも、軽く話すという予定についても聞いていた。でも同席者の半分は、話している貴族らの娘や息子たちといった感じだ。

カルロがしげしげと、リズの上からそちらを覗き込む。

「お仕事の話は、進んでいるのかしらね」

なんとなく、リズはもやもやして片手でカルロをもふもふした。次から次へとジェドに話しかける娘や息子たちに、貴族らも困っている様子だ。

……何を話しているのかしら。

大人気の彼が、少し気になった。ジェドは知らない人みたいに、理想の上司といった外向き用のきらきらしたオーラをまとっている。

一番怖かった鬼上司なのに、よく知らない王都で彼と一緒にいる時だけが安心できている気がする、だなんて……。

リズは、なんだかあそこにいる彼を遠く感じて、じっと見てしまった。こうして見ていると、自分はとても子供なんだなと思わされる。

令息や令嬢に対応する彼は、どっしりと構えてすごく大人だ。強くて頼りがいがあって、だからコーマックたちも一心に信頼してついていっているのだろう。

──私だって、そうだ。

いつの間にか、リズは「この人なら」と信頼して、ジェドに安心している自分に気づいていた。そうでなかったら、ここにいない。

その時、幼獣をあやしていたジェドの姿が、ふっと脳裏をよぎった。

「……今談話しているきらきらな団長様より、あんな表情をもっと見てみたいかも」

知らず知らず口にしたリズは、自分の声でハッと我に返った。

──い、いやいやいや何を考えてるのよっ。

リズは慌てて首を横に振った。ジェドは、リズと違って大人なので〝ふり〟がうまい。その色気などに、うっかり流されそうになってどうする。

団長であるジェドが忙しい間こそ、自分がしっかりしなくっちゃ！　今回の恋人役は、そのためでもあるのだ。直属の部下になってからの初任務である。

「なら、がんばらないとっ」

そう意気込むリズを、カルロがまたしても何か言いたそうに見ていた。あれどう見ても本気だろうに……と彼の顔には書いてあった。

第一王子ニコラスの私室に来てみると、そこには専属の護衛騎士であるエドモンドの姿があった。

「あっ、エドモンドさん。無事に戻られたんですね」

「はい」

彼に挨拶をして、いったんカルロと一緒に入室する。すると向こうから、幼獣を抱えたニコラスが二割増しの上機嫌さで挨拶してきた。

「おはようリズ！　ははは、今日もよき天気だな！」

気の知れた専属の護衛騎士が戻ってきて、うれしいのだろう。まだまだ子供な王子に、リズは微笑みで応える。

ふと、じっと自分を見続けているエドモンドに気づいた。

「なんですか？」

「いいえ、別に」

ふるふる、と彼が首を横に振る。しかし『別に』という感じではなかった。眉もや寄せられて、普段変化の少ない表情には残念感が漂っている。

「えーっと……何かお考え事ですか？」

リズは、カルロと一緒に見つめる。

向こうでニコラスが、幼獣を『高い高い』して、一人と一頭できゃっきゃ遊び始めた。その様子へとエドモンドが目をそらす。

「これは真実をお伝えして、お止めした方がいいのか。しかしそうしたところで、いつものポジティブ馬鹿を発揮されて、信じてもらえない可能性の方が大。もうここは、好きにしていただこうかとも思いまして」

エドモンドが独り言のように言ったかと思うと、勝手に吐息で締めた。

……何が？

小首をかしげたリズは、少年王子ニコラスが、媚薬入りの菓子を送ってきた件をすっかり忘れていた。

早速、エドモンドも交えてニコラスと歩いた。いつもの散歩コースでもあると、人通りが比較的少ない場所をニコラスの案内で進む。

「普段から、こういう感じなんですか？」

「うむ。幼獣に、午前中の新鮮な空気を吸わせてやろうと思ってな」

楽しげに答えたニコラスの腕の中で、幼獣もうれしそうだった。話しながら歩く三人の後ろを、カルロが優雅な尻尾を揺らしながらついてくる。

「私が持ちますとご提案しても、殿下が『自分で抱っこする！』と言って聞かないものですから。だからこうやって、手ぶらでおそばを歩いているわけです」

「離乳前は、エドモンドが多めに抱っこしていたではないか！」

「なぜそこで悔しそうに言ってくるのですか。ミルクご飯の間は、世話の時間も小刻みで幼獣の様子を見ながら変化してきます。抱っこしてのブラッシングもその目的があって――」

「ああもうっ、そんなのはわかってる！　何度も耳にたこができるくらい聞いたっ」

ぷんぷんしてニコラスが言った。幼獣を大事そうに抱えなおした様子からは、それでも自分が世話をしたいんだという気持ちが伝わってきた。

「殿下、幼獣のお世話は大変ではありませんか？」

リズが尋ねると、ニコラスがきょとんとして彼女を振り返る。

「なんで？」

そう口にした直後、彼が「あ」と察してカナリア色の目を丸くした。

やわらかな口調で声をかけたリズは、心配そうではなく、気遣うでもなく、とても穏やかな眼差しで返事を待っていた。

「ああ、そうか。リズは獣騎士団で、幼獣の世話係をやっているんだったな。それなのに、俺を信用してくれているのか」

「殿下が、どれ程幼獣を大切にされているかは、見ていてわかりますから」

リズは、肩越しに振り返る彼の胸元から、顔を覗かせている幼獣へと視線を移した。にこっと笑いかけたら、幼獣が機嫌よくにんまりする。

「みょみょっ、みゅっ、みゃう！」

「おやおや、これはまた、リズさんはずいぶん好かれましたね」

「うふふ、なんと言っているのかしら」

思わず、リズは指で幼獣の白いもふもふな頬っぺたをつつく。幼獣がきゃっきゃっと上機嫌にするのを、カルロがむっとした顔で見下ろした。

エドモンドが、カルロの様子に気づいて目を向ける。その間にもニコラスが、我が子を褒められたようなうれしさで、ぐりぐりと幼獣と頬をすり合わせていた。

「ふふっ、世話が大変だなんて思ったことは、一度だってありはしない。俺はな、日々こいつの成長がじかに見られてうれしいんだぞ！」

「みゃう！」

にこーっと笑ったニコラスの顔を、幼獣がぺろぺろと忙しなくなめた。

本人から直接言葉を聞けたリズは、すっかり安心した。交友や公務でどうしてもといった場合は、エドモンドが幼獣を預かってくれるのだろう。

「まぁ、就寝も起床も幼獣と一緒のため、起床係も私が担当しているのですが」

「えっ――あ、そうか、使用人さんは近寄れないから」

小さな白獣をずっと連れている状態なので、考えてみれば獣騎士候補だったエドモンド以外はそばに寄れない。

できるだけそばに、ということで、彼はニコラスの隣に急きょ部屋を与えられてもいるという。そこで寝泊まりをし、二十四時間体制で対応にあたっているのだとか。

「専属の護衛騎士も、大変なんですね」

「いえ、おそばにいられる方が、何かあった時すぐ対応にあたれますから私も安心です。ただ、私は子供の世話は初めてですので、そこは少々手間取って殿下を困らせてしまっているところは反省しています」

生真面目なエドモンドらしい感想だ。リズは一瞬、意外にも団長様なら子供の世話もできたりするんじゃないかしら……と考える。

その光景を想像しかけた途端、不意に胸のあたりがきゅんっとした。

え、何、今の『きゅん』って⁉

リズはハッと我に返った。カルロの素晴らしいもふもふの尻尾よりも、丸っとして愛らしいもふもふな幼獣たちよりも、なんか胸がトキメいたような気が……。

「リズは、一人で百面相をして、どうしたんだ？」

ひょっこりと、幼獣とセットでニコラスに顔を覗き込まれた。

「うわっ、すみません殿下。えっと、なんでもないんですっ」

「そうか？」

びっくりして考えていたことも頭の中から飛び、リズは焦って両手を振って答えた。

すると、エドモンドが察した顔をした。よしここは任せろと一つうなずき、優秀な騎士のごとくニコラスに進言する。

「殿下、あなた様にはまだ早いお話かと思いますので、流すのがよろしいかと」

「なんだ、俺に秘密な話だったりするのか⁉　そんなの、めちゃくちゃ知りたくなるに決まっているだろ！」

「エドモンドさん⁉　も、もしかして、私の心を読んじゃったんですか⁉」

リズはかぁっと恥ずかしくなって、つい小さくパニックになった。

——心を読めるなんて、あるわけがない。

騒ぐ二人に詰め寄られたエドモンドは、面倒そうな表情で『違います』と首を振ってみせる。でもニコラスもリズも落ち着いてくれなくて、しまいには幼獣が手を伸ばして「みゅっみゅっ」と楽しそうにリズをぽふぽふした。

様子をずっと見守っていたカルロが、とうとうムッと眉間にしわを寄せて——。

「ふんっ」

「え、何——ふぎゃっ」

なぜか、リズは唐突に襟の後ろをくわえられ、カルロにぶら下げられてしまった。

目の前から引き離されたニコラスが、それをしばし眺めた。普段からあまり表情を崩さないエドモンドも、「え」という顔でリズを見る。

「ぶ、ぶわはははは！　なんだそれはっ、俺もすごくやりたいぞ！」

直後、駆け寄ろうとしたニコラスの襟首を、すばやくエドモンドがキャッチした。

「殿下、さすがにやめてください、無理です」

「なぜだエドモンド⁉︎　リズは、あんなに楽しそうなことをしているというのに！」

「彼女の表情をごらんなさい。ただあきらめているだけです。さすがに、あなた様にそんなことをされたら、捕食されていると勘違いされて兵が出てきますよ」

そう話す声が聞こえる中、ぶら下げられたリズは考えていた。

「そもそも、なぜこのタイミングで……カルロ、私、元教育係よね？」

「ふんっ」

「あの、今すぐ下ろして欲しいんだけど」

「ふん！」

――あ、そもそもぞんざいな扱いようは、教育係だった時からだった。

結局、次の通路に出るまで、カルロは離してくれなかった。居合わせた数人の通行人たちが、リズの様子を目に留めるなりざわっとなった。

「戦闘獣が、女の子を捕食している⁉」

「いや、あれはグレイソン伯爵様の婚約者様だっ」

「食用に運ばれている感がすごいな……何があったんだ？」

それは私が知りたい。

リズは、下ろされるまで大変恥ずかしかった。ニコラスがそばで「いいなぁ」「俺もしたいぞ」とカルロの足元をぐるぐるしていた。

◆§◆§◆

その翌日も、ジェドは公務参加の件で忙しいスケジュールだった。

リズは、引き続きニコラスに付き合った。エドモンドも同行して、昨日とは違うルートで再び一緒に散策する。

先日や先々日と同じく、とくに何かが起こることもなく平和的だった。

そのまま王宮の一階にある大きな通路へと出る。カルロが堂々と尻尾を振って歩いているのを、多くの通行人たちが気にしてチラチラ見ていた。

「殿下、ここを歩いても平気ですか？」

王宮に来てから、こんなにも人が多いところに出たのは初めてだ。こそっと尋ねたリズに、ニコラスは察して「心配するな」と自信たっぷりに答える。

「皆、リズが俺と交友を深めていると周知しているからな。調査だとはバレまい。こっちを歩いている時も、視線を感じたりしたんだ」

幼獣を片腕に抱いて、指を差してそう教えてくれた。

「こんなにも人がいるところでも、不安を覚える時があったんですね」

リズは、それを少し不思議にも思った。目撃者もかなり多くなるから、あまり不審に思われるような行動に出る者がいるイメージがない。

そう思っていると、エドモンドがこっそり教えてくる。

「可能性は少なからずあり得ますよ。ここは、王宮ですからね」

どこか意味深に言われた。けれどリズは、向こうの人の波から「グレイソン伯爵様のご婚約者様だわ」という声を拾ってタイミングを逃した。

――すっかり顔を知られてしまっている。

頭を押さえたリズを、カルロが心情を察した様子で見下ろす。

ここへ来るまでにも、いくつか不安になったという場所を教えられていた。人目につく大きな通りから、公務の際に使用する大広間近くもあった。

「こちらと同じくらい、人の通りがあるところですよね」

思い返して確認する。どれもわずかにエドモンドの目が離れたタイミングであったので、エドモンドの方はまったく覚えがないというのだ。

「はい。ほとんどおそばを離れることはないのですが、王族は近衛騎士隊の護衛部隊があります。殿下がご公務に参加されるように、私も報告やスケジュール確認の必要がありますから、護衛が強化されている際に行うのです」

「そうですよね。殿下、十一歳でもしっかりご公務をされていて……」

……ん？　そういえば社交も〝仕事〟よね？

リズは王都に来てから、ジェドが社交にも忙しいことを思い出した。彼は王侯貴族にとって、交友も社交の一環で必要なものだと言っていた。

でもここ連日、リズは日中をニコラスと過ごしている。ちらりと目を向けて思い返すに、彼の口から同年代の友人の話はまだ聞いていない。

「あの、殿下――」

声をかけようとして、不意に口をつぐんだ。流れていく人の風景に一瞬、違和感を覚えた。

立ち止まったリズに気づいて、ニコラスがきょとんと振り返る。

「どうした？」

リズは、すぐに答えられなかった。視線を向けた時に人混みへと紛れていった男の頭を、じっと目で追いかけてしまう。

「今、カルロがいるのかどうかを、確認した気がしませんか……？」

気になって、自分と同じタイミングで立ち止まったエドモンドへ問いかけた。案の定、彼もリズが先程目にしていた場所を注視している。

「私もそのように感じました。――カルロ自身はどうです？」

「ふんっ」

「あ。わからないっていう感じの鼻息ね……」

リズたちは、どういうことだろうかとそれぞれ目を合わせた。

しかし、本人はいつもの不安を感じなかったらしい。早く行くぞと伝えるように歩きだしながら、ニコラスがこう言ってくる。

「そうか？　みんな、カルロを気にして見ているだろう」

「たしかにそうなんですけど、でも、なんかちょっと引っかかったんですよね……」

エリート軍人である専属の護衛騎士のエドモンドでもなく、獣騎士団員のリズでもなく、戦闘獣《カルロ》を見たのが――。

ふと、始めから何か大きな見当違いをしているような違和感に、思考を引っ張られた。けれど次の瞬間、それは明るい声で頭の中から吹き飛ばされる。

「リズ、ぼんやり歩いていると余計注目を集めるぞ。カルロも窮屈そうだし、早めに向こうの大きな廊下に入ろう」

「えっ。あ、はい！」

いちおうは調査なので、変に注目を集めてしまうのはいけないだろう。周りにいる者たちにじっくり見られているカルロに謝ると、その白いもふもふの体に手で合図し、待ってくれているニコラスとエドモンドに小走りで合流した。

ニコラスの先導で、少し早歩きで大きな廊下の方へと向かう。

そこへと差しかかると、途端に先程までいた大人数の通行人はなくなった。

「ここを通るのは、王宮に所属している軍人がほとんどだからな」

「そう、なんですか……」

歩みの速度が普通に戻ったところで、答えながらリズは気になって後ろを見やった。

「団長様、大丈夫かしら……」

ぽつりと、彼女の口から言葉がこぼれる。先程のは、第一王子ニコラスの抱えている幼獣ではなく、カルロの存在をチェックしている感じがあった。

もし、ジェドに関わる何かがあったらと考えると、途端に落ち着かなくなった。

「団長様は、注目されているグレインベルトの領主様よね。ならカルロは、団長様の近くにいた方がいいのではないかしら」

リズはカルロに相談した。すると横から、エドモンドが間髪を入れず否定する。

「いえ。唯一の後継者だからこそ、狙われるようなことはないと思います」

「え？　でも、領地の白獣を見ているのは、団長様だけなんですよね？　なら――」

「だからこそなんですよ、リズさん」

真面目な顔で強く言ったエドモンドは、続いて丁寧に説明していく。

国にとって、白獣というのは、聖獣として位置づけられているくらいに、とても貴重だ。

グレイソン伯爵家の人間――というよりは、グレインベルトの正当なる後継者と領主だけが、すべての白獣を従わせることができる。

「つまり、今のところジェドだけがそうなのだ。だから、誰もが早く結婚を、後継者をと望んでいるところでもある」

「団長様だけ……？」

「うむ。不思議なことだが、白獣はどんなに狂暴な野生だろうとグレインベルトの領主、またはその正当なる後継者の意思には従う。引退した前グレイソン伯爵は、交流は取れど、全部の白獣を完全に従わせることは、もうできないらしい」

幼獣を抱きなおしたニコラスが、リズにそう補足する。

グレインベルトの領主は、白獣と人間の共存を保ってくれているかけ橋だ。それがなくなれば、白獣は人にとって脅威になる。

「それは、他国にとっても同じことなのです」

エドモンドは、歩きながら手振りを交えて教えた。

「もし今のジェド団長に何かあれば、白獣が暴走した場合に止められる人間がいなくなってしまう。これまで血筋が絶えたことはありませんので、未知の可能性を思って恐れている者たちも多くいるのです」

ウェルキンス王国の長い歴史の中で、グレインベルトに生息している白獣の暴走は何度か見られたことでもあったらしい。

そのたび、グレインベルトの領主である当時の〝グレイソン伯爵〟が止めた。

白獣は狂暴化していようと、グレイソン伯爵の言葉には耳を傾ける。その不思議な関係は、昔から国内外に知られている有名な話でもあるという。

――グレインベルトに伝わる、領主と元獣戦士団の話。

リズは、そう口にしたエドモンドとニコラスを、その大きな赤紫色《グレープガーネット》の目で見つめた。それは耳にした時から、ずっと、不思議と胸に響いてくる言葉だった。

「たびたび耳にする文言なのですが、それはどういうものなのですか？」

「大昔、白獣は〝荒ぶる神の番犬〟として恐れられていたそうです。資源あふれるグレインベルトの広大な土地を治め、容赦なく人を食い殺した、と」

「それが、一人の領主の登場で変わったとされている。つまりは初代グレイソン伯爵の誕生だな。歴史書を見るに、そののちに一族は伯爵位を賜った」

ニコラスが、説明しながら抱えている幼獣の頭をなでた。

難しい話はわからなくてなでてと主張していた幼獣が、満足そうにする。その様子をカルロが、少しは聞いておけよと言いたげに見ていた。

「グレインベルトに伝わるその話は、獣が初めて人を受け入れて対話した出来事を表している。血が続く限り、共に戦おうと約束した、とか」

「それが獣騎士団の元になった、獣戦士団のお話なんですね」

「うむ、そうだ。当時は戦の多き時代でもあったからな。各領主が個別に戦士団を立ち上げ、自分たちの領地を守ることをしていた。グレインベルトの領主も、獣戦士団をつくり上げて自分が獣戦士団長を務めたんだ」

と、ニコラスがそこでリズを見た。

「先程のリズの問いに答えるが、だからジェドについては大丈夫だ。ジェドが自分にではなく、お前にカルロをくっつけているのは、いい判断だと思うぞ」

「いい判断？」

「ここは、時に街中よりも物騒だったりする。それに、もし嫉妬した令嬢らが接触してきたらどうする？　あちらは生粋の貴族だ。まだ正式に婚約していない平民のお前は、そうやすやすと逆らえないだろう」

リズは、令嬢たちのくだりの方に驚いた。

一人で出歩いている時に、接触される可能性はまったく考えていなかった。だって、自分はこんなにも魅力がない平凡な女の子なのだ。彼女たちの圧勝だろう。

そう考えていると、ニコラスが得意げに言う。

「俺は大親友だからな。ジェドの愛する人の心配を思っての配慮も、わかっとるぞ。最強の守りだ。他の貴族らも、大変大切にされていると口にしている」

――王子らしい口調と表情をしているが、幼獣をなでなでしているせいで、まったく威厳がない。

生真面目なエドモンドが黙って見ているのを、リズは目撃して黙り込む。

「貴族の結婚は、婚約に関しても面倒な手続きが多いからな。でも安心しろ」

「え？　安心？」

「何せ、特別な立ち場にあるグレイソン伯爵ともなると、陛下が家臣の前で認めて印を押せば、すぐに婚約は成立だ」

それはまずい。調査を不審がられず進めるための〝未来の婚約者〟という設定であって、自分はただの恋人役であるのだ。

けれど、まだ任務は続行中である。リズは何も言えなくて困った。後でタイミングを見計らって、殿下には事実を打ち明けた方がいいのかもしれない……。

「みゃう！」

深く考え込もうとしたところで、愛らしく呼ばれて気がそれる。

そこに目を向けてみると、幼獣が次のなでなで役を指名するようにしてリズを見ていた。目が合うと、元気よく尻尾を振られてしまう。

「本当に懐かれているんだな」

「そうみたいですね」

リズは、王子であるニコラスに失礼しますと許しをいただいてから、彼の胸に抱かれている幼獣をなでた。手触りのいいもふもふ具合に笑顔が浮かぶ。

またしても、カルロがじーっと見下ろしている。それに、またもや気づいてエドモンドが見やった。

「ふむ。お前なら、もしかしたら大丈夫かもしれないな」

唐突に、ニコラスが一人思案の声を漏らした。

「何がですか？」

尋ねた途端、にこーっと笑った彼に手を取られた。そのまま走りだされてしまい、リズは大変驚いた。

「えっ、殿下⁉」

「俺の二番目の友達を紹介してやろう！」

……ん？　二番目の友達？

そうすると、まさか一番目はジェドなのでは……そう考えている間にも、彼はわくわく感が隠しきれない様子で、リズをどんどん引っ張っていく。

その後ろからエドモンドが続き、面倒そうに息をついてカルロが追いかけた。

たどり着いたのは、人の気配がまったくしない緑に覆われた場所だった。

どうやら、王宮に所属している騎士たちが出入りしている場所のようだ。来る途中、騎士服の男たちとしかすれ違わなかった。

「これが俺の二番目の友達だ！」

リズは、そう意気揚々とニコラスに紹介された先を見て、絶句してしまった。

「とも、だち……」

ようやく声が出たが、自分に確認させるように言葉を繰り返しただけだった。なんとそこにいたのは、屈強な軍馬だったのだ。

筋肉隆々の真っ黒い艶やかな体。荷運びの馬に比べると、ずいぶん大きい。彼はカルロに怯えることもなく、敵意なくぶるるっと鼻息を上げる。

ニコラスが、また来てやったぞというふうに再会を喜びだした。すると言葉が続かないでいるリズへ、エドモンドがこっそり教えた。

「殿下は、素直になるタイミングが大変へたでして。いまだ友達がおらず、当初は子犬を与える予定だったそうです」

なるほど、今のところ他に交友関係はいっさいないから、それで公務以外は暇を持てあましているのか。

「でも、なぜ犬ではなく軍馬になったのですか……?」

リズは、うれしそうなニコラスと軍馬の組み合わせを前に、考えても全然わからないという表情で尋ね返した。

「護衛部隊から聞いた話によると、誰にも懐かない暴れ軍馬だったところ、殿下を助けたそうです。殿下はすっかりその軍馬を好きになってしまい、馬の方も彼の言うことは聞くようだと見た両陛下が、彼の馬として与えたようです」

その経緯を聞いた途端、リズはぶわっと涙腺が緩みそうになった。

「うっ、な、なんてかわいそうなの……っ」

「リズさん、殿下に聞かれてしまいますので、せめて心の中に隠しては」

カルロがあきれたように見やって、エドモンドもそうアドバイスした時、ニコラスが気づいて幼獣と共に振り返ってきた。

「ん？　なんだリズ、小さく震えているがどうした？」

「ニコラス殿下！　もしよろしければ、私を殿下のお友達にしてくださいませんか！　私っ、私は殿下の三番目のお友達になります！」

「何っ、本当か⁉」

覚悟を決めたリズの発言に対して、熱い意気込みと取ったポジティブ王子ことニコラスが、ぱぁっと笑顔になった。

直後、彼がハッと王子らしい姿勢に整えなおした。腕の中のもふもふな幼獣がばっちり似合っているのだけれど、へたな咳払いをしてこう続ける。

「うむ、いいぞ」

きっとお立場もあって、友達づくりがうまくいかないのだろう。

ほろりと思ったリズと同じく、カルロと軍馬もニコラスを見ていた。もしかしたら軍馬も、一人でがんばっている彼を放っておけなかったのかもしれない。

そう考えたところで、不意にリズは気づく。

「もしかして、あなたも……？」

尋ねてみると、幼獣がニコラスの腕の中から、大きな紫色《バイオレット》の目でしっかりリズを見つめ返して、こくんっとうなずいてきた。

――放っておけなかった。だから、そばについていた。

幼獣の目から、リズはそんな思いを受け取った。獣騎士団にいる幼獣よりも、やっぱりお兄ちゃんらしいところを感じた。もしかしたらそれは、ジェドの気持ちをくんでのことでもあるのかもしれない。

「そうか。団長様も、きっと殿下のことが友達として大切なのね」

「ん？　突然、どうした？」

「あ、いえ。団長様は、つれない感じで言ったりしますが、たぶん、殿下のことをとても気にかけているんだなぁと思ったんです」

そうでなかったら、たぶん、調べようと乗り出さなかったはずだ。

すると、目をぱちくりとさせたニコラスが、くすぐったそうに笑った。

「リズは、ジェドのよき婚約者であるな。改めて言われずとも、そんなことは知っている。ジェドは、とてもいい奴だ」

何やら彼が、「むふふっ」と思い出し笑いをして肩を揺らした。リズがきょとんと見つめ返してすぐ、パッと顔を上げて告げる。

「俺の友達のリズよ！　式典の日には完成しているから、楽しみにな！」

リズは、唐突な言葉に小首をかしげた。明後日の方向へエドモンドが目をそらし、カルロは双方を見比べると訝って軍馬と目を合わせる。

「きちんと日程を確認した上で、緻密な計画を立てたのだ。時間差でくる特注の難しいやつを依頼したから、成功間違いなしだぞ！」

「あの、殿下、話がよく見えないのですが……」

「ふっふっふ。お前とジェドの結婚は、この俺がどーんっと後押ししてやるからな！」

任せとけという顔でニコラスが宣言すると、幼獣が便乗して「みゃう！」と鳴いた。

それを耳にした途端、リズはさーっと血の気が引いた。

やばい。もしかして陛下に婚約の書類へ印を押させる気なのでは……想像して口元が引きつる。これは、後でしっかり事情を説明しておかなければ。

忘れずにそうしようと、リズは心に決めた。

◆§◆§◆

コーマックたちの到着の知らせを受けたのは、その翌日だった。

本日は、予定されている合同演習の日だ。公務に獣騎士団も小隊で参加することが正式に決定し、通達が出された日程での来訪だった。

「殿下の幼獣の件は、団長から手紙で聞いています」

騎獣した彼らの着地場所をジェドから教えられたリズは、カルロと共に駆けつけたところで、そうコーマックに言われた。

「リズさんも視線を感じたとのことで、我々も殿下の周りについては、気をつけてみているようにします」

「副団長様、ありがとうございます。皆様も、どうぞよろしくお願いします」

リズがぺこりと頭を下げると、運んでくれた相棒獣たちを褒めてなでていた獣騎士たちが、途端にわははと笑った。

「リズちゃん、改めてそう言わなくったっていいんだぜ」

「そうそう。俺たちは同じ獣騎士団！」

「幼獣が危険かもしれないとあっては、獣騎士団としては力を貸すのは当然だよ。君が元気そうでよかった」

最後、一同に無事でよかったと安心されたリズは、心強さにもうるっとした。

彼らが、数日ぶりの再会となったカルロにも声をかけ始めた。相棒獣の代表のようにそろりそろりと近づいたコーマックの戦闘獣が、ぺしっと尻尾で払われる。

「それにしても、軍事協力の合意の式典に獣騎士団も入れるとは、パレードも盛大になりそうですね」

獣騎士たちが「カルロなんてことすんのーっ」と叫ぶのに気づかず、コーマックが城の上あたりに見える国旗と軍旗を眺めながら言った。

そこに一番高々と掲げられた二つの国旗は、ウェルキンス王国と、平和小国リリーエルタのもの。すぐ下には両国の各軍旗が掲げられ、さらにその下で祝辞が届けられた各国の小さな国旗が風にはためいていた。

式典とパレードの用意は、着々と進められていた。王都の街中も、明日へ向けて全王都民で祝うかのように飾りつけられていっている。

獣騎士団長、グレイソン伯爵の王都入りということもあるのだろう。それだけジェドが注目されている人でもあるのだ。

「国の軍事力を示す目的もあると、団長様はおっしゃっていました」

リズは、思い出しながらコーマックに伝える。

「昨日、相手の国の軍人さんたちが、陛下へのご挨拶もかねて王宮入りしたのを殿下たちと見かけました。国王の代理で、すごく偉い貴族様も何組かいらっしゃっていました」

昨日、ニコラスの私室へと向かいながら見かけた。軍人たちは全員、淡い太陽色のたてがみを持った漆黒の馬、という目を引く軍馬にまたがっていた。

ニコラスの話だと、あの軍馬は、平和小国リリーエルタだけに生息している特有のものであるらしい。

軍馬の中では、足はやや短めだが俊敏で力がある。もともと暴れ馬な性格ゆえ、物怖じもしない骨肉逞《たくま》しい〝いい軍馬〟なのだとか。

『俺も詳しくは知らんけどな！　父上が、見事な戦闘馬だと褒めていたぞ』

……そこは、知ったふうで言ってもよかったと思うんだけどなぁ。

あの時、あっけらかんと笑顔で言いきっていたニコラスの顔を浮かべて、リズは言葉を切る。素直さが全面的に出る王子様だ。

「国の威厳と軍事の双方を考えると、僕たち獣騎士団の参列は、最大限のおもてなしにもなりますからね」

コーマックが、納得したように相づちを打った。その後ろで、続いてカルロが八つ当たりのように別の相棒獣を両足で踏んづけていた。

「カルロなんかストレスたまってねぇか⁉」

「なんでそんな苛々してんだよ、うわっ、待て待て、逃げろ俺の相棒獣！」

「いでっ」

また別の相棒獣へと狙いを定めたカルロの尻尾が、獣騎士の一人にあたって芝生にべしゃっと沈めた。

けれど二人は気づかない。コーマックへ気が向いていたリズは、獣騎士団の『理想の上司ナンバー2』の優しげな声にこう答えていた。

「そういう意味合いもあったんですね。たしか、今日の合同演習は、両国代表の部隊による交流を兼ねてのもの、でしたよね？」

「はい。ああ、でもリズさんが思っているような難しいものではないので、安心してください。貴族の目を楽しませるのが目的の、パフォーマンスの一環です。木刀戦で少しやるだけですから」

少し心配していたリズは、彼につられてほっとした笑顔を浮かべる。

その、にこっと微笑んだコーマックの後ろで——ようやく場が落ち着いた獣騎士たちが、ぜーぜー言いながら顎の汗を拭っていた。

「やべぇよ、あのぽやぽやした二人」

「ああ、まったく気づかねぇんだもんな、恐ろしい」

「ある意味、最強の組み合わせだ……」

その時、コーマックが辺りを見やった。

「ところで、団長の姿が見えないようなのですが……。また引っ張りだこですか？」

確認されたリズは、思い返す表情でやや遅れてうなずき返す。

「その通りです。実は、こちらに到着して、カルロと行ってこいと指示を出した後には、もう人に囲まれてしまっていました」

カルロがそばから離れた途端、待ってましたと言わんばかりに、次から次へと人がジェドへ声をかけた。そして、あっという間に見えなくなってしまったのだ。

「団長も大変ですね……社交を最低限に抑えているので、久々の登城とあって、仕方ないと言えばそうなのですが」

「演習が始まる直前まで、向こうの方々とのお打ち合わせもあるとのことで。現場で合流する予定であると、副団長様たちへ伝言はいただいています」

「ああ、手紙でも日程は聞いていますよ。リズさんは、今のところ団長の相手として潜入している状態ですが――滞在中は大丈夫でしたか？」

ふと、心配したように問われた。他の獣騎士たちも、耳を立てたカルロや相棒獣たちと揃ってリズを見る。

視線を受け止めた彼女は、やわらかな苦笑を返した。実のところ、ほぼジェドだけが引っ張りだこなこの状況には、助かっている部分もあった。

「幸いにも、ほとんど団長様だけにお声がかかっているので、私は比較的大丈夫です。王宮で単独行動する場合はカルロを、と指示も受けていますから」

おかげで人を近づけずに済み、王宮では平和的に過ごせていた。

リズは、そのカルロの姿を捜した。こちらへ向かってくるのを見つけて、にこっと微笑みかけた。いつの間に向こうへ行っていたのだろう？

「カルロ、他のみんなにご挨拶していたの？」

「ふんっ」

カルロが大きく鼻を鳴らし、コーマックを押しのけてリズの前で〝お座り〟する。

「ちょっと、副団長様たちが見えないわよ？」

もしや何かまたやったのでは。そう思って向こうを覗き込もうとした時、カルロの大きな尻尾が、もふぁっと正面からリズを包み込んだ。

――屋敷から出る前のブラッシングの効果が出ている。

リズは、もふもふに一瞬でほだされて行動目的を忘れた。昨夜、ジェドの父ヴィクトルに『お勧めだから！』と渡された特注のブラッシング道具、どこでゲットできるのか後で詳細を聞いてみよう。

ぜひ、それを王都のお土産として持って帰りたいと思った。

カルロが、他の男を見せまいとリズを足止めしている。押しのけられてしまったコーマックは、それを合流した獣騎士たちと察した表情で見やっていた。ほんと優秀な相棒獣だなぁと一同の目は語っている。

――一人でいる時は、カルロをそばに置くこと。

そうジェドが指示した件が、実のところずっと頭にリピートしていた。

「よその男を、リズさんに近づけたくないだけなのが、ありありとわかるなぁ……」

意外と心が狭い。コーマックは、思わず幼なじみを思ってつぶやく。

ここは、獣騎士たちへの着地場所として許可が下りた第五庭園だ。警備を担当している衛兵たちも、遠巻きに緊張して見ているだけの状況だった。

「まさに王宮内では、この状況だったんでしょうね……団長は、意外と自信がなかったりするのでしょうか」

「たぶん、そうだと思います」

「団長、いろんな人に声をかけられる面倒を引き受けてでも、リズちゃんの目をよそに向かせたくなかったんだろうなぁ」

「そこまで自信ない団長ってのも、珍しい気がするけど――まじでそうなんかな？」

「さぁ。とりあえず、俺的にはもう告っちまえばいいのにって思う」

自分たちにまで面倒事が回ってくる前に。

獣騎士たちは、同じ思いを胸にうなずく。相棒獣たちは、なんとも言えない表情を浮かべて、日々苦労しているコーマックを気遣って見た。

「というかさ、カルロはもふもふに対して、なんか恨みでつもっているのかな？」

ここにいる相棒獣を、とりあえず一通り全部倒したカルロを思い返して、獣騎士の一人がそう疑問のつぶやきを上げた。

――そして、それから間もなく、騎士が呼びにきて合同演習開催の案内の声がかかり、リズたちは移動を開始した。

◆§◆§◆

両国の代表軍による合同演習は、王宮に隣接した騎馬隊の施設で行われた。

騎馬戦を想定してつくられた大闘技場は、すり鉢状の観客席、中央に広々とした闘技スペースがあった。場内は今や、軍関係や貴族らの観客でひしめいていた。

「十分に離れてはますけど、歓声がすごいくらいの人数ですね……」

「他国から祝いにかけつけた方々もいますからね」

開始時間前の入場に、わっとなった空気を耳にも感じたリズは、コーマックにこそっとささやきつつカルロの横を歩く。

演習場に設けられた監視棟から、軍旗が振られて入場紹介の声が上がった。

「ウェルキンス王国軍第二十四支部、獣騎士団！」

西口から入り、進んでいる戦闘獣と獣騎士たちへ歓声が送られる。

そして同じく開催時刻前の案内で、東口から予定通り進んできたのは、太陽色のたてがみをもった漆黒の軍馬を連れた軍人たちだった。

「平和小国リリーエルタ、第十一防衛部隊！」

そちら側に設けられている監視塔で、男が目いっぱい軍旗を振って入場紹介を行った。途端に、同じく観客席側から歓声が沸き起こった。自分の馬を連れた彼らが誇らしげに片手を振って応える。

――なんだか、すごく軍の行事っぽい。

リズは、堅苦しくない簡単な行事とは思えなくなって緊張した。一般庶民として紛れてしまった感じがして身がすくみ、カルロのもふもふに寄り添ってしまう。

カルロが、そんなリズを訝しげに紫色《バイオレット》の目で見下ろす。でも頼られて若干うれしいのか、他の相棒獣に比べても優美な尻尾がパッタンパッタン揺れた。

「カ、カルロ、どうしよう。私、うまくできるかしら？」

合同演習が終わったら、お疲れ様でしたと言って部隊同士の交流。直近の教育係経験者として、リズは向こうの部隊から何か質問があれば答える……。

聞かされた段取りを頭の中で思い返すが、これは両国の軍を代表しての大切な交流。自分にできるだろうかと不安になる。

そんなリズの背を、近くにいた獣騎士が軽く叩いた。

「リズちゃんは、うちの立派な獣騎士団員だ。自信もって堂々としていればいいよ」

そう言われて、リズはみんなが自分を見ていることに気づいた。緊張もなく笑っているいつもの彼らの表情に、ハッとさせられる。

とても心が救われた気がした。信頼しかないのだとわかった。

「ありがとうございます、皆さん。私、がんばります」

うるっときて、涙目ながらもしっかりと宣言した。

やがて中央まできて、進行した両部隊軍、ウェルキンス王国からの代表である獣騎士団と、平和小国リリーエルタからの代表、第十一防衛部隊が対面した。

そこでリズは、登城間もなくで別れていたジェドと再会した。

「団長様、お疲れ様です。向こうの方々と一緒の登場とは思いませんでした」

「時間の都合上、ここからの方が近かったからな」

リズは直前の打ち合わせを思い出しながら、軍の作法にのっとって、彼の相棒獣であるカルロを引き渡した。

すると離れた観客席側から、またしてもわっと歓声が上がった。

気のせいか、女性の黄色い声が若干強い。けれどジェドは驚きもせず、両陛下やその側近たちのいる席へ向かって一度手を振って観衆に応える。

その姿は、なんだかとても頼りがいを感じるくらいに、凛々しい。つい、ぼうっと見てしまっていたリズは、ジェドの綺麗なブルーの目がこちらを見てドキッとした。

「周りはただの見物人だ。どうせこちらの声も聞こえていない、そう緊張するな」

見透かされたようにそう言われ、胸がドキドキした。それは注目に慣れていないリズにとって、的確なアドバイスだった。

「わ、わかってます」

にこっと笑ったジェドから、慌てて目をそらしてそう答える。

彼の普段の言い方も、向こうの人たちには聞こえていないからだろう。でもリズには、こうしたいつもの彼らしさの方が素敵に思えたのだ。

——え？　素敵？　いやいや何を思っているのよ私っ。

リズは、自分がよくわからず咄嗟に頬を押さえる。なぜだか火照りそうになった顔を、そうやって冷やす彼女をコーマックたちが不思議そうに見た。

その間にも、獣騎士団と防衛部隊のトップ同士が、挨拶を交わし合った。

獣騎士団長であるジェドが、一回り年上の部隊長と友好的に握手を交わした時、またしても観客席側からエールが上がっていた。

「おぉ、これが噂の戦闘獣ですな！　近くで見ると、なんとも美しい」

互いに自己紹介がされたのち、早速というように部隊長の目がきらきらと相棒獣たちへ向けられる。

「危険ですから、近づかれないように」

ジェドが、それとなく部隊長の歩みを止めた。

「ああ、そうでした。つい」

「貴殿たちのお連れになった戦闘馬も、とても美しいですよ」

「お褒めいただき恐縮です。我が国の誇るこちらの軍馬も、パートナー以外にはあまり慣れ親しまない性格ではありますので、お互い様でしょうか」

二人が、笑顔を浮かべ合って友好的に会話する。

先程、一瞬、リズは相棒獣たちがぴりっとした冷気を帯びたのを感じた。向こうの軍人たちに笑顔で応えているが、コーマックたちが下側の手で各相棒獣たちに合図を送って制している状況だ。

そういえば彼らは、獣騎士以外には〝絶対に懐かない〟国内で最大の戦闘獣であるのだ。普段は獣騎士団で見たことがない雰囲気だけに、思い出して緊張した。

「そちらの彼女が、恋人の？」

その時、部隊長がリズの方を手で示しながら言った。直前に副官だとジェドに紹介されていた若い男が、ちらりと彼へ視線を戻して尋ねる。

「わざわざお連れに？」

実のところ、彼らはたった一人少女がいることを気にしていたようだ。部隊長と揃って、防衛部隊たちは恐縮ながらといった様子でジェドをうかがう。

するとジェドが、にこっと笑みを返した。

「俺の婚約者になる予定のリズです。こう見えて彼女は、俺の相棒獣の教育係にして

〝獣騎士団の戦闘獣とすべての幼獣を見ている〟優秀な団員なんですよ」

　少々話を盛ってそう教える。

　部隊長が、部下たちと「おぉ！」と感心の声を上げた。

「なんとっ、その華奢な体で、この戦闘獣たちを見ているわけですか！　さすがはグレイソン伯爵の未来の妻、と申すべきでしょうか」

「ははは、妻だなんて。まだ気の早い表現ですよ」

　いい笑顔で、ジェドがきらきらと答える。

　そんな鬼上司のジェドを、リズとコーマックたちは、恐ろしいものを目にしているような表情で見ていた。なんだかとても楽しそうだ。

　心配になって、リズはコーマックにこそっと尋ねる。

「団長様、話を盛りすぎじゃないですか？」

「いえ、あのくらいは誇張していた方が、すんなり理解されます」

「つまり時間の短縮でもあるわけですね……」

「俺としては、団長は未来の妻認識をされたかっただけの気が――もがっ」

「後で殺されるぞ。この距離なら聞こえるから、黙っとけ」

　こそこそと獣騎士団が後ろで話す。ジェドが肯定するかのように、きらきらオーラを強めてきたので、リズたちは一瞬にして押し黙った。

その時、盛り上がった防衛部隊の男たちの要望を受け止め、部隊長が闘技場の時計を見てこう切り出した。

「開催時刻まで、まだ少し時間があります。ぜひ、そちらの獣騎士団員であるご婚約者様に話を聞きたい」

「ぜひ、お話をお願いしたいです！」

「我が部隊にも、非戦闘員で軍馬を見られる者などいません」

彼らが言いながら、もう話が聞きたくてたまらない様子でリズへ歩み寄る。

――だが数歩進んだ瞬間、場が強烈な緊張に包まれた。

コーマックの相棒獣が、咄嗟のようにリズの前へと飛び込んだのだ。背中の毛が少し逆立つ程の警戒反応をで、部隊長らへ〝拒絶〟を示す。

「え……？」

そんな声を上げたのは、相棒騎士のコーマックだった。

すぐに他の相棒獣たちも、彼の相棒獣に続いた。リズをかばうようにして軽い威嚇姿勢を取るのを、カルロが横目に見やる。

一瞬にして場の空気が凍え、防衛部隊の男たちが緊張で硬直する。後退するのもままならない中、戦闘馬たちが殺気にいななないた。

いつも気品にあふれて表情も美しいコーマックの相棒獣まで、以前カルロが、密猟団を睨みつけていたみたいな〝怖い顔〟をしている。

リズは、それを前にして怖くなった。

「だ、ダメよ、怖い顔をしないで」

相手の男たちの怯える姿にも胸が痛み、気づいた時には、そうコーマックの相棒獣たちに声をかけていた。

すると戦闘獣たちが、途端に殺気を消して、おずおずとリズをうかがってきた。まるで『大丈夫か』と心配そうに確認されている気がする。

「えぇと、その、私は平気よ」

そんなに心配されるくらい頼りなかっただろうか。リズは、そう思いながら戸惑いつつ答えた。

戦闘獣たちが、身を引くように警戒反応をやめた。不思議がったコーマックたちが、まだ落ち着かない自分たちの相棒獣を「どうどう」とやった。

「いきなりどうしたんですか？　珍しいですね」

「いつも、そんなに過剰反応しないだろう。ん？　心配だった？」

「リズちゃんが不安そうだったから？　ああ、たぶん緊張しているだけだよ」

心の中で意思疎通ができるが、珍しいことに出くわした獣騎士たちが、つい声を上げて相棒獣に言った。

「ほら、こういう軍事の場ってのも、リズちゃんは慣れないだろうし」

「問題ないって。うんうん、怪我をする可能性もゼロだよ」

獣騎士の一人が、はははと間延びした声を響かせる。魔力でつながっての会話風景を、相手の軍の男たちが警戒しつつも物珍しげに観察していた。

しばし様子を見ていたジェドが、ただ一頭だけ、冷静を保っているカルロへ手を触れて目を向ける。

ほんの少しの間、ジェドとカルロの視線が絡まった。

だが一瞬後、カルロが小さく首を横に振った。リズは、彼がジェドに、別に、という言葉を答えたように感じた。

「な、なるほど。よくわかりました。戦闘獣たちも世話と教育の担当者である彼女を、団員の一人として、大事にされているみたいですな」

部隊長が、はははと引きつり笑顔でジェドに言った。

その部下の男たちも、ぎこちない雰囲気だった。リズが立派な獣騎士団員なのだと認識を強めたのか、おずおずと身を引いていった。

——それから程なくして、合同演習が開始された。

開催時刻ぴったり、騎獣した獣騎士団と、騎馬した防衛部隊が並んで向かい合った。

その光景は、見ている側の気が引き締まる程だった。両軍ともに友好的な笑顔ながらも、闘技場内には高まる闘気が漂っている。

リズは、審判役を努める自国の騎馬隊の方まで後退し、待機して見守った。

「それでは合同演習、始め！」

騎馬隊の男が号令を唱えた途端、西口と東口の監視塔から、両軍の軍旗が目いっぱい振られた。

と思った直後には、獣騎士団と防衛部隊が動きだして衝突していた。騎獣と騎馬による第一撃となる木刀同士の衝撃音を響かせ、つばぜり合いまで見せた。

「おぉ！　両者どちらも速いっ」

「さすがはリリーエルタの誇る軍馬！　戦闘獣の脚力にも負けていませんな」

「いや、さすがはウェルキンス王国の最強部隊です！　実に素晴らしい！」

両国関係者だけでなく、祝いに駆けつけた外国の者らも交えて、会場内が一気に盛り上がる。

今回、獣騎士団は騎獣による〝飛空〟を禁じられていた。見物客に向けた模擬試合のパフォーマンスは、地上戦のみと限定された木刀戦だ。

だが地上戦でも、ジェドたちは優秀な軍馬に負けなかった。

戦闘獣は、その大きな体で力強く闘技場内を駆ける。追う軍馬に騎馬した軍人の攻撃を許さず、俊敏な動きでもってたくみに予測軌道をそらした。

――と、高速走行から、突如として強靭な爪を地面に突き立てて、戦闘獣が後方へと急転換する。

「何⁉」

その機敏さに、防衛部隊が目をむく。それは騎獣させた状態にもかかわらずの、獣騎士とぴったり呼吸を揃えての攻撃体勢の急変だった。

正面から迫られた直後には、あっという間に間合いを詰められ二組が落馬していた。

「防衛部隊、二組退場！　続いて西口方向、一組退場！」

審判の騎馬隊が、判定の声を響かせていく。

開始から数分経たず、相手の騎馬が三割退場となった。かけ声を上げて軍馬を操る防衛部隊に対して、獣騎士団は〝冷静なる沈黙〟を貫き、完璧なコンビネーションを見せて怒涛の攻防を繰り広げた。

「さすがはっ、ウェルキンス王国最強の部隊……！」

部隊長が、怪我をさせない絶妙な落馬を見届ける。そして自分の馬の走りを加速させると、再びジェドと木刀を打ち合った。

パフォーマンスの一環とはいえ、両者共に現役であるだけに目を離せない本格的な木刀試合だ。

審判役が次々に上げていく実況を聞きながら、リズは戦うみんなの様子をハラハラして見守っていた。しかし、それもほんの十分程だった。

その姿はとても凛々しくて、いつの間にか怖さもなくなっていた。ただただ獣騎士と相棒獣が、力を合わせて戦っている風景に見とれた。

地上を駆ける白い戦闘獣の、戦意あふれる怒涛の動きは美しい。

彼らを動かし、木刀で相手の軍の男を落馬させる獣騎士たちもまた、一心同体のごとく、闘技場内にその優美な存在感を知らしめていた。

「変ね。戦闘なのに、それを〝優美〟や〝美しい〟と思うなんて」

リズは、熱を覚えた胸元に手をあててつぶやいた。思えば、こんなにも本格的な獣騎士たちの戦闘風景を見たのは、初めてだ。

――あ、また団長様が一組を落馬させたわ。

ふっと目が引き寄せられる。みんなの雄姿を追っているつもりなのに、気づけばリズの目は、またしてもジェドの姿を見つけ出した。

こうやってジェドの騎獣による戦闘を見るなんて、これまでなかった。カルロに騎獣した彼は、普段にはないくらいの真面目な横顔を見せていた。一心に集中された眼差しは、強く、凛々しく、そしてとても美しい。

「とても、綺麗だわ……」

どうしてか胸の奥が、トクトクと高鳴って目がそらせなくなる。

ジェドは戦闘に参加しながらも、常に部下たちの動向も把握していた。たびたび小さく手で合図して、そちらへコーマックたちを誘導する。

その洗練された仕草も、これまでの経験の積み重ねを感じた。戦闘へと移る際のジェドとカルロが、息ぴったりに同じ方向へ目を向けるさまが、どうしてかリズの目に焼き付いた。

つい、ぼうっとなってしまっていた。耳に飛び込んできた大きな声で我に返る。

「獣騎士団、勝利！　これにて終了！」

カンカンと銅板が打ち鳴らされ、闘技場の各場所で盛大に旗が振られた。わっと観客席から歓声が上がって、スタンディングオベーションで会場内が拍手喝采に満たされた。

それにびっくりしたリズは、そこで木刀戦が終了したことを理解した。

「いやぁ、実に素晴らしいですな！」

パフォーマンスの木刀戦を終えた両軍が、互いをねぎらい合って握手する。

観客たちの一部が退出していく中、リズは騎馬隊の男に促されて獣騎士団に合流した。部隊長は、部下たちの思いを代表してジェドを褒めちぎっている。

「副団長様、皆さん、お疲れ様です」

「ありがとうございます。リズさんも、お疲れ様です。まだもう少し時間が残っていますので、お互いがんばりましょう」

こそっと話しかけたリズに、コーマックがにこっと笑った。他の獣騎士たちも、ジェドに話が集中しているタイミングを使って軽く挨拶する。

合同演習の木刀戦は、大成功に終わったようだ。

後は、互いの部隊への理解を深めるため交流をかねて少し話すだけ――そうスケジュールを思い返していたら、不意に部隊長たちの目がこちらに向いた。

「最近の教育係として、君にも話を伺いたい」

「わ、私に、ですか？」

「うむ。獣騎士団長の相棒獣は、中でもとても素晴らしい働きだった。コンビを組んで二週間も経っていないとは、驚きだ」

部隊長が、褒めるように笑ってうなずく。

すると彼の若い副官まで出てきて、リズが答える暇もなく追って言った。

「とくに大型のあの戦闘獣を教育したのは、あなたですよね？　ああっ、もう言葉にならないくらいに美しい、実に素晴らしい動きでしたっ！」

感極まった様子で、防衛部隊全員の総意を伝えられる。

どうしよう。もしかして、私が実技訓練までしたと思われてる？

リズは焦った。あれは、カルロのもともとの身体能力の高さであって、リズは何もしていない。そしてジェドが騎獣し、行動を指示しているからだ。

「あの、いえ、何か誤解されているようですが、私は教育係ではありますが非戦闘員でして、だから、騎獣の特訓などは――」

「ぜひ握手してください！」

副官が、不意に両手でリズの手を包み込んで握る。

大きな手にビクッとした直後、感激した様子で、色気もなくぶんぶん上下に振られてしまった。軍人としての身で、彼は熱烈に褒めているのだ。

彼らに揃って尊敬の眼差しを向けられ、リズは気恥ずかしくなった。でも、獣騎士団員として褒められていることが、とてもうれしくて――。

「ありがとうございます」

リズは恥じらいながらも、笑顔を見せて心から感謝を伝えた。

それを目のあたりにした若い副官の頬が、紅潮する。握っているリズの手を、ややきゅっとして挙動不審に言葉を続けた。

「あ、あの、綺麗な目ですねっ。まるで美しい戦闘獣の瞳の色みたいです」

唐突に目を褒められて戸惑う。自分は、平凡のド真ん中だ。美しいカルロたちの目と比べられないのだけれど……社交辞令かしら？

「えぇと、ありがとうございます？」

気遣っているのかもしれない可能性を考え、ひとまず礼を返した。

その間にも、副官の顔がじわじわと赤くなりだしていた。まだ離されない手を思って待っていたリズは、気づいて目を丸くしてしまう。

「あの、どうかされました？」

「あ、あのっ、よければ教育係についてお話を――」

「え？　ああ、お話の件ですね、その前に手を離し——ひぇっ」

その時、リズは横から伸びてきた片腕に首をホールドされ、ぐいっとジェドに副官から引き離された。

「たしかに、俺の婚約者は目まで美しい」

なぜか、貴族的な色気で、そう耳元にあやしくささやきかけられた。

「え？　え、団長様？　いきなりなんですかっ？」

そのままジェドに腰を引き寄せられて、心臓がばくばくする。すると、まるで愛でも告白するみたいに彼が唇を寄せてきた。

「リズ、綺麗な目だ」

どうしてか、先程の副官と同じことを言われた。

——だけなのに、リズはかぁっと赤面してしまった。

なんで相手が団長様に変わった途端、こんなにも恥ずかしいの⁉

戦っていたジェドの凛々しさが、まだ印象に残っているせいだろうか。やたら思い出されて、彼の逞しい腕の感触までも意識してしまう。

唐突にジェドは恋人モードだ。え、でも、なんで？　副官に握られていた手も、いつの間にか取り返されて今は彼に握られている状況である。

「すぐに迎えにいかなかったから、拗《す》ねているのか？」

ドキドキして見つめ返せないでいると、握り込まれた指先に頬ずりされた。

リズは、ますます彼の方を見られなくなった。これはいったい、どういうシチュエーション設定なんだろうか。

顔が沸騰しそうなくらい熱くて、うまく考えられない。ジェドの吐息を感じて緊張する。いつだったか、彼に目が美しいと言われた時の甘い雰囲気が思い出された。

「すまないな。後で、たっぷり時間を取ってあげるから」

「ひぇっ」

視線を合わせられないでいると、より甘い声でささやかれ、顔をばっちり覗き込まれて目の前で指先にキスされてしまった。

これ、もう一種の嫌がらせなんじゃない⁉

笑ったジェドの青い目に見すえられ、リズは動けない。赤面した顔の熱は引いてくれないし、みんな見てるし、とにかく猛烈に恥ずかしい！

「だ、だだだ団長様、あの、その」

緊張しすぎて言葉を噛みまくった。すると彼が、ずいっと目の前に顔を寄せて、意味深にささやいてくる。

「リズ、ずっと俺のことを見ていてくれるね？」

え、何その怖い命令。

唐突に言われたリズは、まさかの鬼上司の恋人役指示かと推測する。正直言うと、甘ったるい顔をした彼を直視し続けるなんて、心臓がもたない。

「えっと、それは、ちょっと無理――」

「このまま両腕の中に閉じ込めてしまうよ？　俺の愛しい人」

にこっ、とジェドが美しく微笑んでたたみかけてきた。気のせいか、彼の背後に黒いドSオーラが見えて、リズはひえぇと震え上がった。

なんだか機嫌が悪いようだ。そう察知して慌てて一呼吸で即答する。

「はい団長様だけ見てます！」

するとジェドの眼差しが、ようやくリズから少しそれてくれた。彼が副官へ冷ややかに流し目を向ける。

「すまない副官殿、彼女は、俺の婚約者でね」

「はっ。ぞ、存じ上げております！」

「見ての通り、俺にぞっこんでね」

そこでジェドがくすりと笑って、もう一度、その取り返したリズの手の指先へ唇を押しあてる。

――どうしよう、これ、私も恋人役をしないといけないの？

でも、何をどう返していいのかまったくわからない。恋愛未経験のリズには、唐突のジェドの無茶ぶりはハードルが高すぎた。

もう見続けるなんて無理。そう思って、コーマックたちに助け求めて顔を向けた。

すると彼らが、あきらめきった青い顔で『がんばれ』と伝えてきた。

無理ですよと涙目で返したリズは、続いてカルロに視線を投げてみた――ら、彼は背を向けて『ひとまずがんばれ』と尻尾を振って伝えてくる。

あまりにもひどすぎると思って、リズの涙目は増した。

「だから、このまま俺の婚約者を返してもらってもいいかな？　待機しているところへ迎えにいかなかったものだから、機嫌を損ねてしまったらしい」

「はっ、はいもちろんです！」

「ははは、ジェド団長がぞっこんというのは、本当だったんですなぁ」

若い副官が、恋人同士のさまに頬を染める。その初々しさに笑った部隊長は、実にかまわないと朗らかな言い方をした。

お願いだから、もう解放して欲しい。

リズは、片腕で抱きしめてくるジェドの腕の温もりで、頭の中がいっぱいになって
そう思った。

相手の軍の部隊長以外は、見ていられなくて恥ずかしそうにしている。それを相棒
獣たちと共に見守っているコーマックたちは、うわー……という表情だ。

「団長、少し手を握られたくらいなのに、心が狭いですよ……」

「リズちゃんかわいそう」

「どんまいリズちゃん」

引きつり顔のコーマックのつぶやきに、部下の獣騎士たちが感想を続けた。

※※※

その頃、会場の中央がよく見える関係者用の立ち見席。

「いったいどうなったんだ⁉ 何が起こった⁉ 何も見えんぞエドモンド！」

幼獣で両腕が塞がっているニコラスが、そう騒いでいた。叫ぶ彼の後ろから、エド
モンドがご丁寧にも目隠ししているせいだ。

エドモンドの視線の先には、残った観客に大注目されているジェドとリズのいちゃ

つく姿があった。彼が指先へ口づけるシーンが見え、観客席から黄色い声と、うっとりする吐息がこぼれる。

「今っ、今！　何か起こったんだな⁉」

ニコラスが再び騒ぐ。

「お子様が見るには、少々刺激が強いかと」

「うおおおぉぉぉっ。親友のいい感じのラブラブは、ぜひとも見守りたいぞ！」

「後で、こっそり教えてさしあげますから」

専属の護衛騎士の立場として、エドモンドは小さな主人にそう約束した。

パフォーマンスを終えた両軍が、程なくして短い交流も済ませ退場していくのを眺めながら、どう教えたものかと考える。

まず気にしたのは、周りの者への情報漏洩だった。そして、あのいちゃいちゃを事細かく十一歳の彼に伝えるわけにはいかない。

そこでエリート軍人エドモンドは、個人情報を守りつつ詳細もぼかすという、自分が得意とする方法で伝えることに決めた。

立ち見席を共に退出すべく動きだしながら、大事な内容を要約して詰め込んだ、こんな短縮メッセージを書いてニコラスにそっと渡す。

『二人の仲は、まさに新婚☆』

――彼は、自分が壊滅的に文章力がないのをわかっていなかった。

その紙切れを受け取ったニコラスは、大変歓喜した。その後、タイミングを見つけて早速、王の間に駆け込み大喜びで両親に見せて報告した。

「父上！　俺の大親友ジェドが、婚約秒読みだぞ！」

「なんとっ、本当か我が息子よ⁉」

「で、殿下、それは誠ですか⁉」

たまたま居合わせていた家臣らも、紙切れを振って駆け寄ってくるニコラスに、こぼれ落ちんばかりの目をした。

「父上らが退出した後、俺はエドモンドに『子供が見ちゃダメ』って目隠しまでされたんだぞ。ほら、エドモンドからの報告がこれだ！」

「おぉ！　ま、まさかグレイソン伯爵は、すでにもう深い仲であったとは！」

「ようございましたね陛下！　近々ご婚約されるのでしょう」

「いつ後継者が誕生してもおかしくはない状況とは、とてもめでたいことです！」

「わたくしたちも、婚約が早く叶うよう計らっておいてやりましょう」

「王妃様、左様ですな」

――両陛下、家臣たちを巻き込み、グレイソン伯爵の正式な婚約は間近であるとますます勘違いが深まった。

その翌日、彼らはとてもとても安心した幸せそうな表情で、軍事協力が結ばれた式典へと望むことになる。

五章　迎えた式典とパレード

合同演習があった翌日、朝から王都では祝いの花火が打ち上がった。

本日、両国の軍事協定が、正式に結ばれ施行となったのだ。昨日、合同演習を披露した両国の代表部隊も堂々参列し、式典が執り行われた。

それは、国王両陛下のお言葉でしめられると、祝砲まで鳴らされる盛大な式典行事となった。

「やけに力が入っているわねぇ」

祝砲は予定に聞いていなかったから、リズは盛大な打ち鳴らしにびっくりしてしまった。

花火の数も、国側の全面支援で急きょ量を二倍に増やされたらしい。今朝、別れる前にジェドからそう聞いていた。

『昨日、花火の量が追加されたんですね。団長様、両陛下たちの方で何かうれしいことでも他にあったのでしょうか？』

『さぁな。なぜ、わざわざ俺に知らせをよこしてきたのかわからん』

公務参加前、待機場所でジェドはそう首をひねっていた。するとコーマックが、もっとも推測されることを口にした。

『もしかしたら、平和小国リリーエルタの、何かを祝ってのことかもしれません。僕らの戦闘獣も参加しますし、そのご配慮もあって、事前に団長へ知らせたとか』

『ああ、カルロは初参加だからな。恐らくは、そうかもしれん』

そんなことを思い返している間にも、撃ち出されていった祝砲の余韻が途切れ、式典は次のプログラムへと移された。

ウェルキンス王国軍第二十四支部、獣騎士団。

平和小国リリーエルタ、第十一防衛部隊。

両国を代表する部隊が、両陛下とリリーエルタの代表家臣の護衛隊列を組むという豪華な顔ぶれのもと、軍事協定を祝うパレードが始まった。

――それは城門が開かれての出発から、かなり派手に祝われた。

王都民たちが盛大に花道をつくり、辺り一面に花弁や紙吹雪が舞っている。軍施設からはばんばん祝砲が上げられ、獣騎士団へのエールはとくにすごかった。

「まるでお祭りですねっ」

全王都民が、外に出て祝っているような賑わいっぷりだった。周りからの熱気あふれる歓声がすごくて、そう述べるにもやや声を張り上げなければならない。

すると圧巻の光景を前に、ニコラスがリズに向かって言った。

「祭りだぞ。そういうのは、派手にやった方が他国への示しにもなる」

「なるほど、そういうわけでしたか」

つまるところ、加わった祝砲にもそんな意味が含まれているのだろう。

「でも、移動して大丈夫だったんですか？」

ふと思い出して、リズは今さらのようにニコラスに確認した。

ここは、用意されていた王侯貴族のための観覧場所ではない。街中の少し高さのある建物の前通路。すぐ下の街道には、大勢の王都民たちがひしめいている。

リズはつい先程、騎獣した獣騎士団が王宮を出ていくのを見届けた。その直後、ニコラスに手を取られ、

『大親友の雄姿を近くから見にいくぞ！』

と、彼に引っ張って連れてこられたのだ。

「だって、リズもみんなの騎獣の姿を見たいと言っていただろ？」

「うっ、まぁ、たしかにそうですけど……」

腕に抱えている幼獣と共に、きょとんと覗き込まれてリズは返答に詰まる。昨日の

戦闘も見られて満足だった、でもみんなの晴れ姿も見たい。

そう先程本音を漏らしてしまったことを思い返していると、ニコラスがエドモンドへと視線を移した。

「安心しろ。俺にはエドモンドがいるからな。こう見えて、エドモンドは極秘部隊養成学校で、成績トップだった優秀な男だぞ！」

文章力という問題があったせいで、所属先をいろいろと検討された男……。

ニコラスがテンション高く笑顔で述べた途端、リズはパレードへの関心も下がる勢いで困ったようにエドモンドを見た。

しばし、リズとエドモンドが見つめ合う。その間にも、幼獣と再び通りの方を覗き込んだニコラスが、「おっ」と弾む声を上げた。

「リズ！　俺の推測はばっちりだっ、ジェドたちが見えたぞ！」

友達宣言をしたからだろう。片手を伸ばして、ばんばん腕を叩かれて合図されたリズは、畏れ多くも彼のそばから通りを眺めた。

人々のつくった道が、一際わっと盛り上がっている。そこを両陛下と平和小国リリーエルタの代表の家臣を乗せた祭台が行進していく。そして、左右二列の護衛部隊として参列している二部隊の姿が続いた。

向こう側には騎馬した防衛部隊。手前側で同じく引き締まった表情で同行しているのは、騎獣した獣騎士団だった。

一列編成をつくった獣騎士団の先頭にいるのは、ジェドだ。たびたび観客に手を振って応える姿は頼もしい。彼を騎獣させたカルロは、人々の大注目もなんのそので、堂々と顔を上げて毅然と歩いている。

人々の注目の中を進んでいくその姿は、とくに凛々しい。リズは、胸にぐっと込み上げるもの感じた。

「カルロ、本当に立派になったわね」

密猟団の件を境に相棒獣になってから、まだ一ヶ月も経っていない。それなのに、日に日にジェドの相棒獣としてふさわしくなっていくようだった。

「リズ、カルロが一番美しいな」

心でも読まれたか思って、相づちを打つような言葉に驚いた。

パッと目を向けてみると、多くの人々で賑わうパレードの様子を眺めているニコラスがいた。やんちゃな眼差しでそちらを見つめたまま、彼が続けてくる。

「お前が教育したカルロは、特別にとても立派で、美しい」

「……はい。ありがとうございます、殿下」

「ははっ、リズは、意外と涙もろいんだなぁ」

ニコラスが指示し、エドモンドがハンカチを差し出した。一瞬ためらったものの、目尻から涙がこぼれそうで、リズはありがたく使わせてもらうことにした。

獣騎士団を含めた一行の行進が、予定通り大きな道を大聖堂側へと進んでいく。

「よしっ、追うぞリズ！」

片腕に幼獣を抱いたニコラスが、意気込むようにぐっと拳を作って言った。

涙をしっかりと拭ったリズは、深くうなずき返した。つい先日まで、つきっ切りで教育していたカルロも見届けたい気持ちでいっぱいだった。

一緒になって動きだそうとした時、ふと後ろから続かないことに気づいた。

「あれ、エドモンドさん……？」

返したハンカチを、まだしまっている最中なのかしらと疑問を覚えて振り返る。案の定そこには、懐を軽く叩いてならしているエドモンドの姿があった。

流し目で見ていた彼の目が、そこでリズとニコラスへ戻る。

「殿下、唐突で申し訳ございません。実は急用が入っておりまして、しばしおそばを離れることになります」

「何、そうなのか？」

「はい。殿下は王宮の方で待たれる予定でしたから、いっときでいいので頼まれてくれないかと、陛下に野暮用を頼まれたのです」

それを聞いたニコラスが、ハッと察した顔になった。

「また俺に黙って、こっそり下町のお土産を買わせるつもりなんだな⁉」

「バレてしまっては仕方ありませんね、その通りです」

キリリとした生真面目な顔で、エドモンドが淡々と回答した。

リズは、国王様はのほほんとした方なのかしらと困惑した。以前、彼が獣騎士団で土産リストがどうのと口にしていたのを思い出す。

「いつも父上だけずるいぞ！　俺だって夜更かしで菓子を食べたいのにっ」

ニコラスが悔しそうに地団太を踏んだ。抱っこされている幼獣が、ゆらゆらと揺れるのを楽しんで上機嫌そうにしている。

「でもエドモンドさん、このタイミングで離れても大丈夫なんですか？　私、殿下を連れて先に王宮へ戻りましょうか？」

「ええぇっ、俺はパレードを見るんだぞ！」

「ですが、殿下」

「問題ありませんよ。パレードの警備はされていますし、もちろん護衛部隊も各場所に配置されていますから」

エドモンドに言葉を遮られる。リズは、少し違和感を覚えた。専属の護衛騎士である彼が、このタイミングで離れるというのも変な気が――。

と思った時、ガシリとニコラスに腕を掴まれた。

「わかった！　なら安心だな。エドモンド、俺の分の菓子もよろしくな！」

「お断りします。陛下に頼まれた分だけ買います」

「こういう時だけ真面目だな！　ついでだし俺の分も買ってくれよ！」

言いながらも、すっかり見えなくなってしまった獣騎士団の姿を追って、ニコラスが小走りで駆け出していた。

リズは、パレードを追ってニコラスと街中を進んだ。

人々がつくった道から、やや距離を空けるようにして移動する。

「で、殿下、大丈夫なんですか？　それに幼獣も」

街中は大勢の王都民でごった返していたから、気をつけていても人との距離感は近い。それにニコラスは、この国の第一王子である。

「みんなパレードに夢中で気づかないだろうし、心配いらないぞ。幼獣も、俺がしっかり抱っこしていれば、この距離くらい大丈夫だ」

「うむ。子供の間とはいえ、かなり稀なことらしいが、こいつは他の幼獣より好奇心が強いらしい。幼獣の性格にもよるとジェドは言っていた」

「そうなんですか？」

信頼している人間がいれば、理解していちおうは人を襲わずに済む、ということなのだろうか。

まるで教育中だった時のカルロみたいだ。白獣の女王に会いにいくため、散歩紐をつないでグレインベルトの町を歩いたのを思い出す。

「この子、きっと立派な戦闘獣になるわね」

リズは感心して目を向ける。すると幼獣が、ニコラスの腕の中から、きゅるんっとした紫色《バイオレット》の目でリズを見つめしてきた。

「みゃう！」

そうやんちゃそうな顔で鳴いた。その声は獣騎士団にいる幼獣より、やっぱりほんの少しお兄ちゃんぽかった。

二人で人垣の後ろを、ぱたぱたと小走りで進んだ。二度、パレードを眺められるポイントで、ジェドたち獣騎士団の行進姿を眺められた。

「よし！　次に行くぞ！　今度は先回りだ！」

「どちらへ行かれるんですか？」

「ふっふっふ、大聖堂の二階からなら、ばっちり父上たちの顔まで見えるぞ！」

「え。……あの、それ、私たちが入っても大丈夫な場所なんですか？」

再び街中を移動し始めたニコラスに続きながら、リズは、ちらりと見かけた荘厳な大聖堂を思い返した。

その時、唐突に前が遮られた。ニコラスと一緒に足を止めたリズは、そこには無精ひげを生やした男たちの姿があるのに気づいた。

彼らはよれた帽子を目深にかぶり、真っすぐこちらを見ている。なんだか嫌な感じがした。見つめ合うだけ、じりじりと胸が焦げつくようなものが込み上げる。

「なんだ、お前たちは？　すまないが、そこを通してくれ」

時間もないのにと、ニコラスはしかめ面で男たちに堂々と声をかけた。リズは言葉を続けようとした彼を、咄嗟に自分のそばへと引き戻して止める。

「リズ、いったい何をするんだ？」

「殿下、あちらへ行きましょう」

本能が、彼らに関わってはダメだと、リズに訴えてくる気がする。

こそっとそう伝えた時、答えるニコラスよりも早く、じっとこちらを見ていた男たちの一人が言ってきた。

「どこかへ行ってもらっては困る。怪我をしたくなければ、おとなしくついてきていただきましょうか、第一王子殿下」

「なんだと？」

名指しされたニコラスが、まったく想定していなかった顔で鼻白む。

彼らの狙いは王子であるらしい。これはいよいよまずいと、さすがのリズも確信した。ここは自分がどうにか隙をつくって、ニコラスを逃がすしか――。

そう思いながら、リズがじりじりと前に出てニコラスをかばった時、不意に背中から「あっ」と彼の声が聞こえた。

直後、白い何かがリズの横を飛んでいった。

「えっ！　嘘！」

リズも、ニコラスと同じく驚いた声を上げた。目で追いかけたそれは、ニコラスの腕の中から飛び出した幼獣だったのだ。

幼獣が、そのまま真っすぐ男たちの方へ飛んでいった次の瞬間――。

「うわっ、なんだこいつ！」

「みゅ、みょう！」

「ぐはっ」

とぅっ、と幼獣が男の一人に見事な飛び蹴りを決めた。

白獣の子供は、幼くともそれなりに力はある。完全に離乳をして体幹もしっかりしているので、もふもふな両後ろ足は、男の胸を正確に打っていた。

蹴り飛ばされた男が、後ろにいた男たちと共に崩れ落ちる。

凛々しい顔つきでキックを放った幼獣が、くるっと身軽な一回転までやすやすとこなして、したたっと地面に着地する。

「……お、おぉっ、すごいな！」

呆気にとられていたリズは、ニコラスの声にハッとした。幼獣をパッと腕に抱え持つと、ニコラスの手を取って人混みの中を走りだす。

「うわっ、いきなりなんだ？」

「失礼を承知で引っ張ってしまってすみません殿下！　でも緊急事態なんですっ」

今になって、ようやく気づいた。そのことに、リズは自分の頼りなさから悔しさを感じつつ、掴んだ彼の手をいっそう強く握って言った。

「狙われていたのは、この子《幼獣》じゃなくて殿下だったんですよ！」

初めから、あの視線は幼獣ではなく、ニコラスに向けられていたものだったのだろう。そして彼を見ていたのは、他国ではなく内部の誰かだ。

先日、偶然にも隠し通路を見つけた時、その可能性に少しでも気づくべきだった。

しかもそこをすべり落ちた先で、予想外にもジェドと鉢合わせてもいる。

――『自分がここにいたことは、秘密で』

あの時、そう指示してきた彼の向こうには、軍人を含む男たちがいた。彼は勘ぐって、何かしらプロの男たちと調べていたのではないだろうか？

「みょん！」

その時、腕に抱えた幼獣の声が聞こえて、リズは後ろを見やった。

「ひぇっ、もう追ってきた！」

先程の男たちが、ごった返した人混みを乱暴にかき分けて向かってくる。

ざっと見た感じ、怒り心頭といった様子だ。周りの雑然とした声や賑わいでよく聞こえないが、制止の言葉と共にギロリと睨まれて身がすくむ。

「近くに警備の者がいるはずなんだがっ」

手を引っ張られているニコラスが、言いながら目を走らせる。

「ど、どのあたりか覚えていますかっ？」

「うーん。――そこらに配置されていると聞いた！」

考えた一瞬後、からっとした笑顔で答えられて、リズはがくっと肩を落とした。

「殿下、うまい返答が思いついた、みたいな顔で言われても……」

「でも『抜かりない警備だ』と聞いたのは本当だぞ。陛下といたジェドが、俺にそう言っていたもん」

ニコラスが王子風を装うのも忘れて、どーんっと言い放つ。

「うっ、言い方がかわいい……！」

リズは、幼獣相手みたく胸にきゅんっときた。これまで村でも、年下の子供を見たりしてきたのに、どうしてか母性を強くくすぐられた。

考えてすぐ、幼獣のパパっぽいジェドが脳裏をよぎっていった。

不意に胸が高鳴った。引っ張っているニコラスが、怒ってないかなと観察してくるのが、もうかわいくてかわいくて仕方がなくなる。

——え、何これ。私、どうしちゃったの⁉

もふもふ相手でもないのにと戸惑っていると、腕の中の幼獣がかわいく鳴いてきた。

「みゅん！　みゅ、みゅ」

「あの、遊んでいるわけじゃないのよ。かわいく頭でリズムを取らないで……」

「それぜひ見たいぞ！　俺は自分で走る！」

ニコラスが、後ろからすばやく主張してきた。

後ろに追っ手がいるので、彼を前に行かせた方が安全だろう。男の子のニコラスが自分よりも走れることを期待して、リズはそうすることにした。

人の間を縫って全力で走る。

パレードの行進は、どこまで進んでいったのかわからない。誰もが人垣の向こうに集中していて、後ろをパッと通り過ぎるリズたちを振り返る者はいない。

「これだけ騒いでいたら、警備している側から気づきそうなんだが」

でも、ニコラスとパレードを追っている道中、警備する人間の姿は見かけていなかった。本当に護衛部隊が配置されているのだろうか？

リズはエドモンドの言葉を思い出しながら、警備にあたっている騎士や兵がいないか目で探した。

そうしている間にも、建物に囲まれた広い場所に出た。色とりどりの屋台テントも張られ、飾りつけされた店先にも道端にも紙吹雪が舞っている。

「みゅ！」

リズの腕の中から、幼獣が「んっ」と後ろを手で示した。

ん？と肩越しに振り返った二人は、それぞれ赤紫《グレープガーネット》色の目とカナリア色の目を見開いた。

「数が増えたっ」

「あいつら、しつっこいな！　誘拐に何か大きな目的でもあるのか⁉」

不審な男たちの数が、明らかに増えていた。人混みの脇から、わらわらと出てきてどんどん合流しているのが見えた。

人が多い状況を利用しているのだろう。全員が私服であるし、最初の無精ひげの男たち以外は、人混みに紛れてしまうと見分けがつかない。

「そこまでして、殿下を狙っているだなんて……」

「この日を待っていたと考えられるな」

「殿下が、都合よく一人になるタイミングを計っていたと？　でも、普段からエドモンドさんが」

言いかけて、ハッとする。

――もし、内部の者が犯人だとしたら、彼は味方なんだろうか？

一瞬、そんな思いに囚われた。けれどリズは、直後、そう考えた自分の器の小ささに恥じて、心の中でエドモンドに謝った。

脳裏をよぎったのは、白獣と獣騎士を信じているジェドのことだった。

彼が『信じる』と口にしていた。ならば、エドモンドは悪者ではない。もしかしたら、国王にお使いを頼まれていたのを見られていた可能性もある。

「殿下、幼獣を抱っこしてもらってもいいでしょうか?」

リズは、ごくりと唾をのんでそう切り出した。

不審そうにニコラスが目を向ける。

「俺の方が狙われているのにか?」

「いえ、絶対に私が守ります。殿下も、幼獣も」

差し出された流れで、ニコラスが幼獣を受け取った。抱っこは慣れたもので、両腕でしっかり抱きしめつつも走る速度は変わらない。

「殿下、もし、追いつかれそうになって私が途中で離れても、警備している軍人さんたちのところまで、真っすぐ走り続けてください」

「そんな縁起でもないこと言うな。追いつかせるもんかっ」

そうは言っても、次第に迫られていた。もしもの時は、リズは体当たりしてでも止める覚悟だった。

自分が守るべきなのに、先程は幼獣がリズとニコラスを守ってくれた。不安で瞳は濡れていたが、それでも彼女は強さを持って肩越しに追っ手を見た。

そんなリズに、ニコラスがうろたえる。

「お、おい。馬鹿なことを考えているんじゃないだろうな。お、王子として、リズが身を張るだとかそういうのは絶対に許さないぞっ」

――あと、十数歩の距離で、先頭の無精ひげの男に近づかれてしまう。

「聞き分けてください、殿下」

リズは、男たちの方を見すえたまま、緊張に震えた手に拳を作って言い聞かせた。

「獣騎士団の一員として、そして『あなたのそばに』と任された、団長様直属の部下として――私が殿下たちをお守りいたします」

そうだ。私は今、団長様の直属の部下なのだ。だから、絶対に無理だと思った恋人役だって、こうしてがんばることにしたのだったと、不意に気づかされた。

あの人を、信じているから。

騎獣して戦っていた、凛々しいジェドを思い出す。すると、不思議と勇気が湧いてきた。獣騎士団の一員として力になりたいと思っただけでなく、リズは、彼を支えたいと、過ごす中でたしかにそう思ったのだ。

――あと、もう少しで男が手の届く距離まで来るだろう。

リズは、ニコラスに守る宣言をしてすぐ、迎え撃つべく足に急ブレーキをかけようとした。

のだが、不意に、どこからかエドモンドの声がした。

「よくぞ言いました。さすがは、獣騎士団の誇る唯一の女性団員です」

へ？と思った直後、空を駆ける聞き慣れた飛翔音が聞こえたかと思ったら、リズはそのまま空へとすくい上げられていた。

「えっ、ひぇぇええええ⁉」

ぐんぐん足元から地上が離れていく。その光景を目の当たりにして、腹に回った腕一本でぶら下げられている状態におののいた。

ぽかんとした目で、男たちがこちらを見上げているのが見えた。

すぐそこには、騎獣したコーマックが、あっという間にニコラスをかっさらって相棒獣で空に駆け上がった姿があった。

「お前は、臆病かと思ったら、妙なところで行動力を発揮するよな」

リズの腹を抱えて地上からさらったのは、カルロに騎獣したジェドだった。

その姿を目にした瞬間、リズは怖いものを何もかも忘れた。その大きな赤紫色《グレープガーネット》の目からいっさいの不安が消え、直前の強い緊張感がほぐれていく。

「だ、団長様！」

「おい、さすがに暴れるのは危険だぞ。なんだ、いきなりかっさらうなだとか、怒らないのか？」

そのまま引き上げられたリズは、直後、ジェドへ抱きついていた。

悠々としていたジェドが、ピキリと固まる。同じく相棒獣に騎獣して空にいた獣騎士たちが、それを見て目を丸くした。

「怒ったりしませんよ！　怒ったりなんか、しません」

来てくれたのがうれしかった。こうして助けてくれたのが、ジェドだったのが、リズはとても安心するくらいうれしく感じてしまったのだ。

王都の人たちは、パレードの演出だと思ったらしい。唐突な獣騎士団の飛行に湧くと、歓声以外にも祝福の声まで飛び交い始めた。

注目が一気に上空へ集まった。自分の前に幼獣を抱っこしたニコラスを座らせたコーマックが、腹をくくったようにぎこちない笑顔で応えた。彼に目配せされた他の獣騎士たちも付き合い、急きょ飛行を披露し始める。

――そうやって、人々の目が空に向かったところで地上に動きがあった。

エドモンドが指揮を執り、潜伏していた近衛騎士部隊と一緒になって、一斉に男たちを取り押さえにかかった。

カルロが気を利かせて、ジェドとリズを騎獣させたまま穏やかに空を駆けて移動する。それとなくコーマックたちの向こうへと回った。

気づいたジェドが、ようやく遠慮がちにリズの背に手を添える。

「リズ。リズ、すまない、その、そんなにくっつかれると、下が見えないんだが……」

「なんか安心するんです。もう少しだけでいいので、こうさせてください」

直前まで心細くいたリズは、言いながらぎゅっと額を押しあてる。彼の温もりを感じていると、次第に胸の奥まで安堵が広がっていく気がした。

「くっ」

ジェドが苦悶の声で呻き、華奢な背に添えた手をわずかに離した。表情を片手で隠して耐える。

「……なんでこんな時に、そう素直なんだ……っ、くそ、かわいいな」

そんな珍しい感じの上司へ、コーマックたちが同情するような目を向けていた。

「団長があれだけ動揺してるのからすると、普段のリズちゃんの団長への距離感がわかる気がするなぁ」

「わかる。それでいて、俺らが思っていた以上に、団長がリズちゃんをモロ好みだったことも理解した」

「普段から、リズさんに意地悪をする団長が悪いんですよ……あの人こそ、素直になればいいのに」

部下の獣騎士たちに、コーマックが相づちを打つ。すると飛行パフォーマンスを見せつつ近くを旋回した部下の一人が、こう言った。

「それ、俺も思います」

地上に声が聞こえないのは幸い、とばかりに獣騎士たちのおしゃべりは続く。

「王都に一緒に滞在しているのに、これ全然進展してなくない？」

「むしろ、好きを自覚した団長の方が、いろいろと悪化してる気がする」

その意見には、一同「まさかの、あの団長が」と訝しげにうなずく。

すると、コーマックの前にいたニコラスが、幼獣と一緒になって不思議そうに彼を見て尋ねた。

「なぁ、お前たちが言っていることがよくわからないんだが、つまりジェドは、リズとラブラブな感じが最近まんねり気味なのか？」

「殿下、どうか『まんねり』というお言葉を使うのは、おやめください……いったいどこで拾ってきたんですか？」

「城中の本を読みつくしたエドモンドが、母上に勧められて新たに買ってきた、やたら赤やピンク色で固められた本だ！」

そう純真無垢《じゅんしんむく》に言い放たれた直後、え、と獣騎士たちが顔をこわばらせた。

にこっ、と初めてコーマックがマイナスの温度で微笑んだ。

「僕、後で彼を説教しておきますね」

それは大人向けの本である。しかしよくわかっていないニコラスが、幼獣と一緒に平和そうな表情で小首をかしげると、こう言った。

「ジェドは大丈夫だぞ。今日、俺も気を利かせてやろうと思っていたところなんだ」

「はぁ、そうですか」

――答えたコーマックと部下一同は、まさかそれが、また媚薬だとは思ってもいなかった。

抱き着く腕が疲れてきたところで、リズはジェドから身を離した。

「あっ、エドモンドさんだ！」

気づいて、彼の胸を支えに下を見た。そこには、すでにエドモンドたちによって拘束され、近衛騎士たちに連行され始めている男たちの姿があった。

「皆さん、もしかして事前に待機されていたんですか？」

そう口にして目を戻したところで、リズはきょとんとした。

なぜかジェドが、顔を手で押さえてため息をついている。

「お前は、本当に、最近は俺を翻弄するのがうまいよな」

「何をおっしゃっているんですか？」

いつもリズを困らせているのは、鬼上司のジェドの方である。そう思っていると、下でカルロが「ふぅ」と鼻息をつくのが聞こえた。

「カルロ、何か言いたいことでもあるの？」

「ふん」

「カルロ、リズには黙っていろよ」

リズが尋ねたそばから、ジェドが念を押してそう言った。

また何やら〝心の中で会話〟があったらしい。団長様だけずるい、とリズはちょっとだけうらやましくなって頬を膨らませる。

「今回の件だが」

またくらくらした様子で、ジェドが額に手をあててリズから目をそらしつつ、そう切り出した。

「白獣は人の気配と、危害を加えようとする〝敵の気配〟に敏感だ。初めにニコラスから『幼獣が一時、かたくなに足元を歩きたがる』と聞いて、警戒して守っている反応だと気づいた。だからまず、ニコラスが狙われている可能性を疑った」

「じゃあ、団長様は最初から全部知っていたんですか⁉」

「いや、ただの推測だ。その時は、何も知ってはいない」

ジェドは調子が戻ると、ぴしゃりと言ってリズへ目を戻した。

「その後、対面が叶った陛下から気になる話を聞いた。もしやと思って、急ぎ宰相らも交えて話したところ、嫌な予感通りのとある線が急浮上したわけだ」

「とある線って？」

「実は以前、王都で事件が起こって犯行グループの一部が捕えられた。王宮内に首謀者と内通者がいるとして調査を進められていたんだが、そこで急きょ、そこに名前があがっていた者が管理しているサロンを調べていたら、お前たちが出てきたんだ」

それは、ジェドたちが探していた隠し通路だったらしい。

おかげで、犯行グループの一部を王宮に出入りさせ、本人も魔法のように建物内を移動したトリックも判明したという。

「お、王様のお城に、犯人たちを出入りさせていたんですかっ？」

「まぁな、一見すると殺人事件と金品強奪事件だったが、事実はもっと複雑でとんでもないものだった。城の利益を、少しずつ横領している者がいる、とな」

もうキーワードからしていろいろと物騒である。意味深に笑ったジェドの不敵な顔を見て、リズは詳細を尋ねるのをやめた。

「社交で情報収集した結果、残る推測の裏付けもほぼ取れた。捕まった犯行グループの法廷出頭予定日も迫る中、チャンスとしては軍事協定の式典あたりしかない——そこで『王子であるニコラスを盾に、拘束された者らの身柄の引き渡しを交渉してくるだろう』と踏んだ。そして、こうして張っていた」

先程、リズが気づいた通り、狙われていたのは幼獣ではなく、第一王子ニコラスだったのだ。視線も、ニコラス自身に向けられていたものだった。

「でも、どうして殿下を誘拐するなんていうリスクを冒してまで、そんなことを？」

相手の身分を考えると、庶民のリズは恐ろしくて結末を考えられない。

「その犯行についても、自分の足がつかなければそれでいい、と思ってのことだ。身を破滅させたくない者の悪あがきだ。そうやって自分の身を守るのに奔走し、罪を消そうとすればする程、結局最後にはボロが出る」

ジェドが厳しい言い方をした。

――王宮というのは、時に街中より物騒だ。

彼の話を聞いていたリズは、ニコラスが以前そう口にしていた言葉を、ふと思い出した。まだ十一歳だけれど、彼も王子としていろいろあったのだろう。

「今回、タイミングが何もかもよかったんだ。普通なら、ここまでスピーディーにうまくいくことなど、ほぼあり得ん」

エドモンドたちの完全退却を目で確認したジェドが、リズを支えなおした。カルロをコーマックの元へ向かわせながら言う。

「陛下が俺を城に呼び出し、お前が偶然にも隠し通路を見つけ、一緒に参加した社交でたまたま俺が知りたい情報を持っている奴も寄ってきた。それもあって、公務参加を決めた時には、ほぼ俺と陛下と側近ら、王宮軍部の方では計画が固まりつつあった」

「皆さん、事前にわかって動いていらっしゃったんですね……。そういうのは、先に教えておいてくれてもいいと思うんですよ」

つまるところ、リズが知らない間にいろいろと決まっていって、水面下でずっと動いていたのだろう。

その時、近くまで合流したコーマックが、ため息を漏らしてこう言ってきた。

「僕たちも、直前まで知らされていませんでした。待機所でリズさんと別れた後に、移動しながら教えられて目をむきましたよ」

「えぇっ、そうだったんですか!? 私、てっきり副団長様たちは、知ってて来訪されたとばかり……」

「コーマック、ニコラスはどうした？」

ジェドが、悠々と先に確認事項を投げる。

「はぁ。団長の指示通り、護衛部隊のところに降ろしてきました。白獣に警戒反応を示されないとはいえ、さすがに騎獣までは。幼獣を抱いていたので僕の相棒獣も我慢していたようですが、かなりこらえている状態でしたから」

「お前の相棒獣なら、しばらくは大丈夫そうだと思ったからな。すまなかったな、仕事を終えたらしっかり休んでくれ、〝エリー〟」

ジェドが、コーマックの相棒獣へ視線を移動して告げる。

獣騎士たちは、普段、魔力がつながっている中で名前を呼ぶという。どうやらコーマックの相棒獣は、エリーと名付けられているらしい。

そんなことをリズが思っていると、コーマックが大きなため息をこぼした。

「団長、その優しさを、少しは人間《ぼくら》に向けてくれるとありがたいのですがね……さすがに、直前での告白には心臓が止まりそうになりましたよ」

「欺くなら味方から、というだろう。お前の場合、顔と態度に出やすいからな」

それを言うなら、リズだってそうだ。なるほどと、他の獣騎士たちと揃って納得してしまう。コーマックだけがよくわかっていない表情だった。

ジェドの合図で、獣騎士たちが騎獣した相棒獣と共に一斉に動きだした。カルロを先頭に、戦闘獣たちが空を駆けていくのを地上から人々が盛大に見送る。

「おかげで今回の件、犯行グループの残党たちも一気にあぶり出すことに成功した」

カルロを飛行させるジェドが、満足げに語った。今度はリズがため息をついた。

「私のがんばりは、いったい……」

「お前が、エドモンドと気づいた視線の一件も役に立った。おかげで内部の怪しい者の中で、どの派閥が協力にあたっていたのかもわかった」

「他にもたくさん、王宮内に協力者がいたんですね」

「金で雇った者がへまをして捕らわれた。自分のことが知られてはまずいと、今回の計画を企てた。よくある話だ」

ああ、そうかと、不意にリズは理解する。

先程のニコラスの言葉に続いて、ジェドが以前『白獣が認めたエドモンドの他は信じない』と口にしていたところの意味も、正しく読み取れたような気がした。

「白獣は繊細で、とても敏感な生き物で――彼らは、いい人と悪い人も、わかっちゃうんですね」

リズは、思わず声に出してそう言った。だからジェドは、それもあって白獣の目と直感を信じてもいるのだろう。

近くにいるコーマックたちは、何も答えてこなかった。後ろのジェドも少し笑っているだけで、その無言の回答に『その通りだ』という言葉を感じた。

飛行中の景色へ誘われ、何気なく目の前へ視線を向けた。

空を駆けるカルロたちの視線を、そのままに感じられるような気がした。とても綺麗だ。眼下には、まるで祭りのような王都の光景が一面に広がっている。

「こうして見ていると、何もかもが揃った美しい場所に思えるのに、物騒なことやたくさんのことも渦巻いているんですね――殿下は、大丈夫でしょうか?」

気になって、リズは肩越しにジェドを見上げて尋ねた。

難しいことはわからない。でも、あの十一歳の素直で明るい少年王子は、この先、王位継承者として大人たちの陰謀に困らされたりしないだろうか。

すると、そんなリズの思いなんてわかっていると言わんばかりに、前を見すえたジェドがよく通る声でこう言ってきた。

「ニコラスは、未来の国王だ。聖獣としても扱われている白獣が認めた。その時点で、反対意見を言う少数派も圧倒的に減ったんだよ」

思い出したのか、何やらおかしそうに「くくっ」とジェドが素の表情で笑いを漏らした。

やっぱり彼も、年下のニコラスのことを思っているらしい。リラックスした素顔が覗いて、リズはそうわかった。

「団長様って、素直じゃないんですね」

吐息交じりにそうつぶやいたら、後ろからぼすんっと体重をかけられた。

「なんだ。いっちょ前に、何か言いたいことでも？」

「いーえ、別になんでもありません。重いので、ちょっと離れてください」

「さっきは自分からくっついてきただろう」

「肩に顔をのっけないでく・だ・さ・いっ」

リズは、ジェドの顔をぐいぐい押し返した。つい先程の抱きついた一件もあって、今少しの間だけ、彼に対する苦手意識も緊張感も吹き飛んでいた。

それを見ていたコーマックたちが、おやという感じで視線を交わす。

「ちょっと、仲よくはなった感じ……？」

獣騎士の一人が、同僚を代表してそうつぶやいた。

◆§◆§◆

その後、獣騎士団は再びパレードへと舞い戻った。戦闘獣の飛行による登場はおおいに王都民を盛り上げ、歓迎された。

途中、リズはニコラスのいる場所で降ろされた。そして少し遅れて合流したエドモンドと一緒になって、彼らの行進が王宮に帰ってくるのを見届けた。

——王都民へ向けて再び国王らの演説があり、行事は締めくくられた。

それから関係者全員、場所を大広間へと移し、式典からパレード成功までをねぎらう立食パーティーが開催された。

「皆の者！　本日の軍事協定と、そしてパレードの大成功を私はとてもうれしく思う！　さあ、祝いだ、どんどん食べて楽しんで欲しい！」

大混乱もなく速やかに片づけられた捕り物劇もあってか、開催のお言葉を述べた国王も、無礼講だと上機嫌そうだった。

両国の代表者と軍が交流を図る会場内は、開催直後から賑わった。軍服の者も多くいて、貴族だけの場ではないので安心してリズも参加できた。

「お料理が、本当にすごいっ」

安心したら一気におなかが減っていたリズも、大食いの軍人たちに便乗してたくさん食べることにし、会場内を忙しなく移動していった——のだが、そのそばには、カルロの姿があった。

外で他の相棒獣たちが、豪華な肉の丸焼きを堪能しているというのに、カルロだけ会場内で食べていた。

各テーブルには、急きょ彼用の肉もどーんっと用意されている。リズは自分のを食べ、そしてもぐもぐしながら、口を開けたカルロの口へその肉を入れていた。

「カルロも、この味付けの鳥肉が食べられたらいいのにね」

「ふんっ」

「なんか、興味ないって言われた気がする……ほら、たとえば甘いケーキを食べてみたいだとか、そう思ったりしないの？」

途中、贅沢にもデザートで口なおしをしようと思ったリズは、ちょっと悪いなと思って尋ねてみた。

その途端、めちゃくちゃ変な顔をされた。

不満の表情も豊かなカルロから、『んなの興味あるわけねーだろ馬鹿なんじゃないのか』と伝わってきて、リズはしくしくと思った。

「団長様と接している時と、態度が全然違う……」

これはリズが、確実に下に見られているせいだろう。肩を落として意気消沈していると、カルロにもふもふの頭でぐいぐい押された。

とても大きいので、なんだか頭突きをかまされている気分になる。

「でも、もふもふなのが幸せ……複雑だけど、やっぱり団長様のお父様から借りたブラッシング道具、めちゃくちゃ素敵だわ」

実は先日、夕食の席で尋ねてみたら、明日の出立前までにお土産として用意しておくと、とてもうれしいことを言われていた。

カルロも大変気に入っていたから、リズは飛び上がる程喜んだ。もふもふの手入れの話で、ヴィクトル前伯爵ととても熱く盛り上がった。

――団長様にはあきれられたけど。

『お前、せっかく王都に来ているに、綺麗なものでも王都名物の土産でもなく、カルロのブラッシング道具が欲しいのか？』

だって、これ、お父様が作らせている特注品だというんだもの。

それは王都でしか手に入らないものだ。土産にして何が悪いというのか。そう思って、リズは開きなおることにした。

『リズさん、すっかり思考の重要度が白獣メインになっていますね……』

『白獣第一の団長と、ちょっとかぶるところがあるわ……』

その後にジェドから話を聞いたコーマックが、やや引きつり顔でそんなことを言っていた。自慢した他の獣騎士にも引かれてしまった。

「だってカルロ、あのブラッシングとても好きだものね」

間食用としてデザートをつまみながら、リズは確認する。

するとカルロが、凛々しい表情でしっかりうなずいた。あれは大変いい、と真剣に熟考する彼の尻尾がゆったりと揺れる。まるで大きな戦闘獣としゃべっているみたいなリズを、参加者らが遠巻きにちらちらと見ていた。

さて、また料理のテーブルに戻ろうか。そうリズがカルロと相談した時、幼獣を胸に抱え持ったニコラスが小走りでやって来た。

「父上と母上から、ようやく許しをもらってきてやったぞ！　リズは、もう腹いっぱい食べてしまったか⁉」

唐突に、ニコラスに下から覗き込まれてそう尋ねられた。気のせいか、彼のカナリア色の目は期待感で濡れている。

「いえ、半分程食事を済ませた後、口なおしに、デザートを挟んでおりました」

「なんだその斬新な食べ方は⁉　俺も、今度ぜひやってみるぞ！」

そう興奮気味に言ったニコラスが、片手を伸ばしてリズの手を掴んだ。

「あと半分食事が残っているなら、一緒に料理をつまみにいかないか！　おすすめのを紹介するぞ」

「それはありがたいです。私、初めて見るメニューも多くって」

「うむ。パーティー特有のメニューも多いからな」

ニコラスに意気揚々と引っ張られて、リズは会場内を進む。その後から、カルロが大きな白い体で堂々と続いた。

「エドモンドさんは、どうしたんですか？」

「あっちで近衛騎士隊の者たちと食べている。ずっと俺につきっきりで、個人的になかなか食事にも行けないからな。気を利かせて向かわせてやったんだ」

いいことをしてやったと、ニコラスは笑顔だ。

「そうだったのですか」

答えながら、文章にかなり問題のあるエドモンドのプライベートが気になった。するとカルロが頭を上げて、代わりに探しあててリズに教えた。

そちらに目を向けてみると、生真面目な表情をしたエドモンドと、その正面に立たされて対応に困惑中の若い近衛騎士たちがいた。

「……あの、殿下。もしかしてエドモンドさん、命令と受け取られて、ただただ若い騎士様たちを見ているだけなんじゃ――」

「リズ、まずは面白いパーティー料理を紹介するぞ！」

「みゃう！」

ニコラスが、ポジティブテンションで告げてリズを引っ張り走りだす。幼獣がそれを真似て、同じような調子で鳴いていた。

それからしばらく、リズはニコラスに付き合わされた。どうやら彼は、立食パーティーで年齢の近い友達と好き勝手食べ歩くのが、新鮮だったらしい。

「むふふっ、リズは俺の友達なんだぞっ！」

向こうから声をかけられるたび、ニコラスはにこーっと笑ってそう口にし、リズを離さなかった。

「さぁ！　リズ、カルロ、次はあっちのケーキを食べるぞ！」

スイーツタイムに突入すると、とくにテンションはハイになった。次は向こうだと、駆け足でリズを引っ張った。

リズも甘いものは大歓迎だったので「はいっ」と楽しくついていった。

その様子を、ジェドが会場東側の立食テーブル席側から見ていた。そこには一仕事を終えて、ばくばく食べ続けている獣騎士たちの姿がある。

会場内の賑やかさにかき消されそうだが、会を彩るべく、楽団による演奏が流れていた。

やがて曲調は変わり、少しの間だけ設定されているダンスが始まる。そのタイミングで、コーマックがようやく食べる手を止めて尋ねた。

「団長、行かなくていいんですか？」

ずっとジェドを観察していた他の部下たちも、回答を待って二人に注目する。

「何がだ？」

「何がって、ずっとこっちにいるじゃないですか。せっかく踊るチャンスなのに」

コーマックが、わざわざ促しつつ追って確認した。

「別に、いい」

視線を返さないでいるジェドが、引き続きリズの方を見つめたまま、素っ気なく答えた。

普段の鬼上司なドS感もなくて、彼にしては珍しくぽつりと発声された回答だった。見つめていた獣騎士たちは、不思議に思った表情で口を開く。

「カルロの様子見がてら、合流するつもりだったんじゃなかったんですか？」

「『みんな好きに食べてこい。仕事は終了だ』って告げてから、ちょっと社交した後ずーっとこっちで見てるだけだし」

「ほら。リズちゃん、楽しそうですよ。ケーキを食べる顔がかわいい感じです」

「ニコラス殿下とめっちゃ盛り上がって、ダンスにも気づいていないくらい笑顔炸裂じゃないっすか。せっかくだし、あの中に飛び込んできては？」

と、背中を押すように言い続けていた部下たちは、そこでコーマック共々気づいて言葉を切った。

リズの様子を実況中継された途端、ジェドがもう見ていられなくなった様子で顔の下を隠していた。その頬は少し赤く染まっている。

「――そんなの、お前たちに言われずとも知ってる。自由行動をしていいとカルロと解放してから、リズは、ずっとかわいい」

言葉多くは語れず、ジェドは声を詰まらせた。リズはかわいい。そう正直な思いを口に出してみたら、ますます顔が熱くなるのを止められなくなった。

素直になるタイミングがへたな彼は、部下たちの注目に立たされ、もうこの際だと勢いのまま打ち明ける。

「知れば知る程、リズがかわいく見えて仕方がないんだよ。そうしたら、大切にしすぎて、この俺が……困ったことにキスもできん」

今、あちらに行ってリズの手を取ってしまったら、自分はきっと、あんなにかわいい彼女を誰にも見せたくないと独占して、社交も忘れてしまうだろう。

この未来の婚約者のふりの間に、目いっぱい自分を意識してもらって、タイミングを見て告白してみようかと思っていた。

でも、彼女に避けられてしまう未来を想像したらためらわれた。

リズに対して、ジェドはちっとも自信がないのだ。考えさせてくださいと初心なリズに逃げ回られたら、正直ジェドは耐えられないだろう。

リズはまだ十八歳の誕生日も迎えていない、大人の情愛も知らない少女だった。挨拶で手の甲にキスを落としただけで、もう真っ赤になって逃げ出してしまうくらいにあどけない。

そんなところさえ、すべて愛おしい。

ジェドは、リズを大切にしたいのだ。大人の男が恋をすることを、何もかも初めてで不安もあるだろう彼女に、怖いものだと思われたくない。

——朝、同じベッドで共に目覚めを迎えた時に、互いに触れられる距離で微笑み合えるような。

ジェドは彼女と、そんな素敵な夫婦になりたかった。もう少し意識してもらってからの方がいいのだろうかとも考えるしまつで、結局のところ告白のタイミングを掴みかねている。

そう思って参っているジェドに、部下たちがざわっとなった。

「あの団長が、まさかの、キスもまだだと……!?」

それは部下たちにとって、衝撃的な事実だった。何もかも完璧で、しかも俺様な鬼上司である。

先にファーストキスくらいは、あっさり奪っているかと思っていた。ジェドを昔から知っている幼なじみのコーマックも、かなり驚いた様子だった。

「同じ部屋に泊まられているので、てっきりそれは終わってしまったものかと……」

「悪かったな。手が早そうに見えて」

「えっ、あ、そういう意味では」

「俺だってな、必死で耐えてんだよ。あいつ、日に日に警戒心がなくなって寝ぼけてくっついてくるし、ある種、拷問だぞ」

こらえようと思っているのに、かわいすぎて、意地悪で恥ずかしがらせたくなるのも問題だ。……彼女が大丈夫そうなところまで抑えてはいるけれど。

最近は、カルロの騎獣をきっかけに抱きしめられるようにまでなったのは、ありがたい。

でもジェドとしては、本当はもっと触りたくてたまらないのだ。

その肌を直に味わって、唇を重ね合わせ、普段とは違うもっと愛らしい彼女の声を聞きながら、リズの隅々まで堪能してしまいたい。

そんなよこしまなことを考えているジェドに、獣騎士たちがぶわっと同情をあからさまにした。

「初心っ、あの団長がめっちゃ純情に恋と向き合ってる！」

「俺はリズちゃんに安心したけど、団長って不憫……！」

「まじで初恋なんスね」

その時、彼らはハタと口を閉じた。

人の来る気配に目を向けてみると、歩いてくるエドモンドの姿があった。給仕でもないのに、彼は盆に人数分のシャンパングラスを持っている。

「エドモンドさん、いったいどうしたんです？」

コーマックが尋ねてすぐ、目の前まできたエドモンドが、あちらを示して答える。

「殿下から、皆様に差し入れです」

促されるまま向こうを見てみると、リズとカルロといるニコラスがいた。幼獣を片腕に抱いて、にこーっといい顔でこっそり手を振ってくる。

先程から、とても楽しそうにしていることを考えると、その理由は容易に察しがついた。コーマックがなるほどとうなずく。

「同年代のご友人ができて、うれしいんでしょうねぇ」

「ニコラス殿下って、友人づくりがへただもんなぁ。だから俺らも、今はリズちゃんとこ行かないで譲ってやってるもんな」

「それで、差し入れってやつか。かなり上機嫌だな～殿下」

「まっ、いい酒には違いないから、もらっとくか」

言いながら、獣騎士たちがエドモンドからシャンパングラスを受け取る。

ちょうど、ジェドも熱を冷ましたいと思っていたところだった。後で合流する予定のリズに、こんな顔は見せられない。

「ジェド団長も、いかがです？」

「もらおう」

喉も乾いていたジェドは、エドモンドが自分からわざわざ渡してきたシャンバングラスに警戒も覚えず、ぐいーっと一気飲みしていた。

◆§◆§◆

夕刻過ぎ、リズは先にカルロと共に王宮を出た。

どうやら夕暮れから、多くの貴族たちも交えての夜会があるらしい。正直くたくただったので、開催前においとまさせてもらうことにしたのだ。ジェドはそちらで社交が残っているようで「ご苦労だった」と告げて帰してくれた。

ニコラスに関わる事件も無事に解決した。そして獣騎士団としての大きなイベントも終わった。後は明日、王都を発つだけだ。

「王都の夕景色も、今日で最後ね。遠回りして少し歩きましょうか」

リズはそう誘うと、カルロがそばにいる安心感もあって、祭りのように賑やかな王都の街並みを楽しみながらのんびりと歩いた。

グレイソン伯爵家の別邸に到着した時、すっかり薄暗くなっていた。到着を待たれていたのか、リズは老年の執事サムソンの出迎えに驚いた。

「おかえりなさいませ、リズ様」

「え。あ、ただいま、です……」

いまだ慣れなくて、つい恐縮してしまう。

カルロと共に屋敷に上がったところで、すでに一階の一部が消灯されているのに気づいた。なんだかとても静かな気がする。

「旦那様と奥様は、夜会へ出かけられました。坊ちゃまから夕食は不要だと知らせを受けておりましたので、使用人たちも先に休ませました。リズ様は先に帰られると追って知らせをいただき、こうしてお待ちしていたところです」

「ああ、そうだったのですね。ごめんなさい……本当ならあなたも、もうお休みされている時間だったのでしょう?」

リズが心配すると、サムソンが真面目な表情を少し崩して微笑んだ。

「いえ、ご心配には及びません。主人が不在の間、家を守るのがわたくしの役目です。あなた様は、ゆくゆく坊ちゃまの奥様になられる方。そうお心を砕かなくともよろしいのですよ。わたくしのことは、どうか『サムソン』とお呼びください」

　そんな失礼なことはできない。彼は、伯爵家の執事長という立場でもあるのだ。ただの庶民であるリズには、身分の違う相手である。

「何か、紅茶か、もしくはココアでもお淹れしましょうか？」

「あっ、いえ、お水だけいただければ大丈夫ですから」

　焦ってリズが答えると、サムソンが礼儀正しく応えた。

「承知いたしました。それでは、後でお部屋へご用意しておきましょう。湯浴みの支度はすでに整えてありますので、ご自由にお使いください」

「いろいろとありがとうございます」

「ちなみに旦那様の相棒獣は、共に夜会へついていきました。心配になるようで、いつも王宮の屋根に座って待っているのです。最強の護衛にもなりますから」

　丁寧に教えてくれた彼に別れを告げ、二階の部屋へと向かった。

　部屋に入った途端、一気に緊張も抜けて「ふぅ」と吐息を漏らした。早速汗を流したくて、一人きりだという安心感から服を脱いでいく。

「カルロ、先にブラッシングする？」

　ふと気づいて、リズは足を止めてカルロに確認した。

　すでにシャツのボタンまで外しにかかっているのを、カルロはあきれたように見ていた。首を横に振って応えた彼は、ひどく何か言いたげだ。

「ん？　何？」

リズは言いながら、スカートの留め金を外してするりと抜き取る。シャツ一枚でカルロの前を通過し、てきぱきと着替えの服を準備した。

「一緒に湯浴みしたいの？　すごく広いから一緒でも大丈――ぶっ」

なぜか、顔面にもふもふの尻尾をよこされて、台詞を遮られてしまった。

こんなにも贅沢な浴室を使える機会なんて、もうないだろう。

実のところ、今回の宿泊で一番気に入っていたリズは、ジェドがいないのをいいことに堪能した。

「はぁ、極楽だわ……。カルロも一緒に入ればいいのに」

お湯に浸かったところで、リズは開きっぱなしの扉の向こうに声をかけた。

すると、なぜか入り口の前で待って〝お座り〟しているカルロが、肩越しにじとりと目を向けてきた。

白獣は、水浴びをあまり好まない。恐らくは、じっとお湯に浸かっているだなんて考えられないことなのだろうと、リズはお湯を堪能しながら推測する。

――執事サムソンが、最後の仕事で入室してきてテーブルに水などを用意した。そして座っているカルロの視線に丁寧に応え、静かに退出していく。

「はぁ。こんなこと、男性の団長様がいたらできないものねぇ。カルロも、ちょびっとだけでもお湯に触ってみる？」

リズは思いつくと、おいでおいでと手招きしてみる。いよいよカルロが半眼になって、馬鹿を見るような目をした。

――いちおう、カルロもオスである。

お前忘れているんじゃないだろうな、とカルロはすごく言いたげなのだけれど、リズは気づかないままだった。

じゅうぶんにお湯を堪能したのち、のぼせないようお湯から出た。しっとりとした肌の水分をやわらかなタオルで拭い、衣服を着ていきながらカルロに話しかける。

「無事に、いろいろと解決してよかったわね。幼獣をどうするのかは、団長様が聞いてみると言っていたっけ」

思い返すリズの言葉に、引き続き扉のごとく座っているカルロが、ぶすっとした背中でぺしぺしと尻尾を振って応える。

「殿下、十一歳なのに夜のパーティーもずっと参加するのかしら――ん？　何？」

ふと、着ている最中の服を後ろから引っ張られた。目を向けてみると、引っかかっていた部分を、カロルが下に下ろしてリズの太ももを隠してくれる。

「あら、ありがとう」

「ふんっ!」

「えぇぇ。なんでここ一番で不機嫌な感じに鳴らすの……。あ、わかった。私は一人でもちゃんと着替えられるのよ!」

リズは、気分がよかったので、びしっと指を差して教えてあげた。

そこじゃない、というように、カロルが非常に苛々した様子で床を尻尾でべしべし叩いた。室内で筆談できないのが初めてストレスになった。

窓の外には、夜の光景が広がっていた。

屋敷の主人たちが出払っているせいだろう。屋敷内だけでなく、外までもとても静かに感じた。

「団長様は遅くなると言っていたし、先に寝ましょうか」

今日は、いろいろとあって疲れていた。早々に休むことにして室内を消灯する。

リズがベッドに潜ると、カルロがベッドに体の横を押しつけるようにして休む姿勢を取った。

「なんだか、これまでで一番近い距離ね」

横を見ると、すぐにカルロのもふもふの体が目に留まった。それはリズが、普段にないくらいベッドの端に寄っているせいだ。

「まるで、寂しくないようにいてくれているみたいだわ」

言いながら笑った。本音を言うと、寂しいのはリズの方だったから。

立派な屋敷の、大きくて不慣れな部屋。そこからジェドの姿がなくなった途端、いつも以上に落ち着かなくなって心細くなった。

「……団長様、早く帰ってきてくれればいいのに」

やわらかなベッドに最後の疲労感が抜けていって、まぶたが重くなる。うつらうつらと彼女がつぶやくと、ぽふんっ、とカルロの大きな尻尾がのせられた。

重みがあって、温かくて、リズはようやく安堵感に包まれてまぶたが下りた。

「おやすみなさい、カルロ」

手を伸ばしたら、掌《てのひら》いっぱいがふわふわとした優しいカルロに触れた。

それから、どのくらい経った頃だろうか。

浅い眠りだったリズは、扉の方から物音がしてふっと目が覚めた。

何かあると、一番に反応するカルロを確認してみた。彼は眠りを見届けて移動したのか、昨夜と同じ広々とした部屋の真ん中で眠っている。

「カルロが反応していないということは、団長様かしら？」

帰りを思って眠りについていたから、それがパッと浮かんだ。扉が開くのを待っていると、続いて衣服が接触したような音が上がった。

——だが、それからぴたりとやんで、開く気配がなくなる。

「あれ？　もしかして私、つい鍵まで閉めてしまった、とか……？」

それだとまずい。鬼上司を怒らせてしまう。

リズは、慌ててベッドから下りて扉へと向かった。確認してみると、鍵はかかっていなかった。変ねと不思議に思いながら扉を開ける。

直後、ぐらりとジェドが倒れ込んできた。ぶつかりそうになって、咄嗟に手を伸ばして彼の体を支えた。

「団長様っ？　どうしたんですか、大丈夫ですか⁉」

驚いたリズは、ふと、彼の体温が高いことに気づく。

しっとりと汗もかいてジェドはつらそうだった。よく見てみると、呼吸も不自然に乱れていて、リズは目を丸くする。

「いったいどうして……かなり飲まされたとか？」

ジェドがこんなふうになっているだなんて、緊急事態だ。

少し考えるが、この完全無欠な鬼上司が酒に弱いイメージはない。しかし、今回は事件解決もあるし「祝い酒だ」とがんがん飲まされそうな気もする――。

その時、リズに支えられていたジェドが手を動かした。

「酒は、ほんの少しだけだ」

そう答えながら、呼吸も上がった彼が扉を閉める。

「それにしては、なんだか苦しそうです。あの、サムソンさんをお呼びしましょうか？」

「誰も呼ぶな」

提案した途端、強い声でぴしゃりと言われてしまった。まるで叱るような口調に感じて、リズはびくりとした。

「で、でも、もし大きな病気だったりしたら、サムソンさんの方が――」

不意に、やや乱暴に手を取られて言葉を遮られた。

ジェドが顔を近づけ、眼前から見下ろしてきた。その強い青い目に、リズはすべてを見透かされるようで動けなくなってしまう。

「今、俺の前で、俺以外の男の名を口にしないで欲しい。たとえ老いた執事であろうと、今の俺はこらえられる自信がない」

「え？　あの、団長様……？」

そのまま体重をかけられて、リズは後ろによろめいた。

ジェドは、立っているのもようやくそうだった。よほど息苦しかったのか、軍服の首回りがネクタイごと少し緩められている。

何がどうなっているのかはわからない。でも彼が『誰かを呼ぶ程の病気ではない』というのなら、そうなのだろう。

「えっと、あの、……そうだ！　お水がテーブルにありますので、少し飲んではいかがでしょうかっ？」

少し考えたリズは、じっと見られ続けているのにも耐えられなくなって、ひとまずジェドをソファに座らせることにした。

どうにか移動に従ってくれたが、彼は手を離してくれなかった。苦しいのだろうか。痛いくらい握りしめられていて、もしかしたらと急病の可能性が脳裏をよぎる。

「あの、お水を用意しますから、少し離してくれますか？」

頼み込んでようやく、手が離された。グラスに水を準備しようとするものの、緊張が指先に伝わって、うっかり少しこぼしてしまうグラスを支えていた手が濡れて、リズはふがいなさにじわりと涙腺が緩んだ。一人では何もできないのだ。病気だったら大変だ。ここは協力をお願いしようと思って、心強い相棒の方を振り返った。

「カルロ――」

そう名前を口にした瞬間、後ろから回ってきた腕に引き寄せられ、どさりとジェドの上に座ってしまった。

「どうして、カルロを呼ぶんだ、リズ」

背後から、肩をぎゅっと抱かれささやかれた。

耳にかかる吐息が熱い。リズは、妙な緊張を覚えて胸がドキドキしてきた。頭の中が大混乱になりかけながらも答える。

「えっと、その、手が濡れてしまって、うまく水も入れられなくて」

「この手か?」

そっと上から取られて、持ち上げられ確認される。

「そ、そうです。すみません、急ぎなのに、うっかりしてしまって」

やけに緊張が強まって、答える声もしどろもどろだ。

ジェドの体が熱いせいだろうか。リズは、彼に取られた自分の手までもじんわりと体温が上がるのを感じた。

「それくらいなら、カルロを頼る必要はない。俺が綺麗にしてやる」

不意にリズは、ジェドが自分の手をなめるのを見て、大きな赤紫色《グレープガーネット》の目をこぼれんばかりに見開いた。

掌の水気に唇をすべらせ、指先を口で拭う。そしてジェドは、持ち上げた手の角度を変えながら、リズの手に伝っていく水を丁寧に舌でなめ取る。

「あっ、団長様、そこにはこぼれていないですっ」

手首に唇を押しあて、腕へと移動しながらちゅっと口づけられた。

「でも、ほら、伝ってしまっているよ」

「そ、それは今、団長様が私の手を上に上げているからです」

そんなの、考えればすぐわかることだろう。でもジェドは、リズが止めてもさらに水滴を伸ばすように持ち、じょじょに肘まで舌を這わせていく。

「や、だ、なんでまた上に戻っていくんですか?」

水をなめ取られているだけなのに、ちゅっちゅっとキスされているみたいに感じてしまって、リズはふるりと震えた。

「んっ……」

その拍子に、口からこぼれた自分の声に羞恥が込み上げた。なんだか、よくわからないくらい恥ずかしくなってくる。

「まだ残っているからだよ、リズ」

「あ、後は、タオルで拭いますから、あっ」

「いい子だから、聞き分けて。タオルで拭われるなんて、もったいない」

取られている手で、どうしてか指の間をこすられる。何が『もったいない』のかわからない。片腕でがっしり抱き寄せられているリズは、ひとまずどうにか脱出してみようと試みた。

と、ばたついた途端、耳の後ろにちゅっとキスをされた。

「ひぇっ。な、なななんでそこにキスしたんですかっ」

「先に湯浴みしたのか。いい匂いがする」

「えっ、なんで匂いを嗅いでいるの⁉　あ、待って、なんで髪を、んんっ」

「――想像通り、お前はイイ声で啼く」

髪をよけたジェドが、首の後ろにキスを落とす。そのまま吸いつかれて、リズはぞくぞくした。前へ体を傾けて逃げようとするものの、彼は追いかけて、うなじにも口づける。

と、不意に、抱きしめている彼の手が胸をかすった——途端、リズはよくわからない緊張が爆発して、反射的に対応策に出た。

「びぎゃあぁぁぁ！」

思いっきり、今度はジェドの方へ頭を起こした。

ガツンッと大きな音がして、彼が呻きを上げる。後頭部で彼の額に一撃食らわしたリズは、その隙に逃げ出そうとした。

——が、その一瞬後、ジェドに抱き上げられて確保された。

「ひぇえ⁉」

ツカツカと歩かれたかと思ったら、ジェドは無関心と言わんばかりに寝ているカルロを通過し、気づいた時には一緒にベッドへ倒れ込んでいた。

乗っかっているジェドが重い。すごく熱い。

倒れ込んだ姿勢で、ぎゅうっとリズは彼に抱きしめられた。

え、何この状況？　いったいどうなっているの？　わからなすぎて動けない。リズは心臓がばくばくして、もう頭の中は大混乱だった。

「すまない、大丈夫だ。今、逃げられると余計にまずい。だから、落ち着いてくれ」

すぐそばからジェドの声が聞こえた。

まるで自分自身に言い聞かせているみたいだった。いつもは冷静な彼から、必死さを感じて、ひとまずリズはこくこくうなずき応える。

逃げないと伝わってくれたのか、やや拘束力が緩む。

「リズ、すまない。実は、媚薬を」

言葉を待っていると、ややあってから、彼が苦しそうに途切れ途切れで言ってきた。

「媚薬⁉」

リズは数日前、獣騎士団にジェド宛てで、媚薬入りの菓子が贈られてきたことを思い出した。贈り主は、彼を大親友と呼んでいるニコラスだ。

なっ、なんて恐ろしい。またやったの⁉

しかも、ジェドのこの様子からすると、今度はちゃっかり服用させることに成功したようだ。

そう体がこわばった時、ジェドに抱きしめなおされてハッとした。力いっぱいの抱擁だったのに、それはリズをいたわって、どこも痛くしないもので。

「リズ、大丈夫だ。どうか怖がらないで欲しい」

「団長様……？」

リズは、その背が微《かす》かに震えていることに気づいた。

「もしかして、じっとしていると苦しいんですか？」

ふと尋ねてみると、ジェドが回答を避けるように黙り込んだ。

どうやら、その通りだったらしい。それでも彼は、リズのために〝動かない〟を選んでくれている。

そうわかったら、リズは途端に、目の前の人が怖くなくなった。

「俺は、暴れたりしない。リズを怖がらせない」

「はい」

「絶対に、ひどいことはしないと誓う」

「はい。わかっています」

自分に言い聞かせるかのようなジェドに、リズは落ち着いて答えた。自分には何ができるだろうと、そんなことを考えていた。

「だから、こうしていてくれ」

――それが、彼の今望んでいる、自分にできることならば。

リズは、そう思ってゆっくりと目を閉じた。視界が真っ暗になると、自分を包み込んでいるジェドの体温をより感じた。そして、彼の苦しそうな様子も。

「眠りましょう、団長様。朝まで、ずっと一緒にいますから」

どこか心細そうにも感じたジェドの背に、そっと手を添えてそう告げた。

しばらくずっと、抱きしめられたままでいた。約束してくれた通り、ジェドはそれ以上のことはせずにじっとしていた。

やがて、彼の呼吸音が少しだけ落ち着く。

するとジェドが、恐る恐るといった感じの慎重さで、リズの肩口に頭を埋めるようにして抱きなおしてきた。

リズは、それでも完全に身を委ねていた。気づいた時には、彼の背に手を添えたまま、ようやく深い眠りへと落ちていった。

終章　彼女と団長様

次第に意識が浮上していく。どこか物足りなさを覚え、寝ぼけた手を伸ばしベッドの上をぽふぽふしていると、ふと温かさに包まれた。

ぎしりと、心地よいベッドが大きく上下する。

そのまま全身まであったかくなった。とても安心する温もりだ。つい、もぞもぞとそちらに寄ってぎゅっとしてみたら、いい匂いにも包まれた。

カルロのもふもふと同じくらい幸せな気持ちがした。すり寄ってふと、ジェドがいつも風呂上りにさせているいい香りだと気づく。

――団長様って、なんかいつもいい匂いを漂わせているのよねぇ。

いったい、どんな一級品を使ったらそうなるのか。そもそも男の人って、いろいろともっと武骨なイメージが……と考えたところで、リズは、ぱちりと目を開けた。

昨夜のことが急速に思い出された時、頭に、ふわっとした感触がした。

「おはよう、リズ」

まさか、キス？

いやそんなまさかと思って目線を上げてみると、そこには大変満足そうなジェドの顔があった。昨夜汗ばんでいた肌は、風呂で綺麗になっている。

「あ、おはようございま……ひぇっ」

リズは、自分が彼にぴったりくっついているのに気づいた。その上、こちらを見ているジェドに腕枕までされてしまっている。

すばやく手を離したら、ジェドが意味深に口角を引き上げくすりと笑った。

「自分からくっついてきたのに、失礼だな」

「すみませんでしたっ。なんか、カルロくらい安心しちゃって」

そう口に出した途端、こちらを見ている青い目がどこか真剣さを帯びた。

「カルロと同じくらい？　それは本当か？」

途端に、ずいっとジェドに顔を寄せられ、リズはびくっと頭を引っ込めた。

「そ、そうですけど？」

「昨日もリズは、俺を信頼してくれたよな？　暴れないでいてくれたというのは、そういう意味だろう？」

「うっ、だ、だって団長様、とても真剣だったから……疑う余地もなかったというか」

リズは、ごにょごにょと続けた。改めてそんなことを正面から問われたら、なんだか恥ずかしくなる。

「いつもは意地悪ですけど、昨日の団長様は、私が本当に嫌がることはしないだろうなと思ったというか……信頼してますもん。あたり前じゃないですか」

ジェドを信頼しているのは、コーマックたちだけではない。リズだって、部下として彼を信頼している。

そう思いながら、リズはもじもじと本音を打ち明けた。これで彼にも、今や部下として一番信用していることが伝わってくれただろう。

――と、部下としての自分の成長に浸っていたら。

「ひぇっ⁉」

ジェドに引っ張られたかと思った直後、大きくベッドがきしんで、気づけば彼が上になってリズは組み敷かれていた。

「えっ、なんですか⁉ 団長様、もう落ち着いたんじゃなかったんですか⁉」

びっくりして見つめ返せば、目の前には自分を見下ろす美しい顔があった。

どこか、ジェドはとても真剣そうだった。

「落ち着いているさ」

言いながら、どうしてか指を絡めて手を握られる。まるで昨夜を出させるような、強い眼差しに射貫かれて緊張した。

ジェドの熱い瞳から、途端にリズは目をそらせなくなる。

「リズ。昨日は、俺を信頼してくれて、ありがとう」

「へっ？　あ、いえ、なんだか団長様を放っておけなかったので、今は体調も戻られたようで安心しました」

「実は、お前に伝えたいことが――」

直後、ジェドの言葉が、大きな開閉音に遮られた。

蹴破る勢いで扉が開かれ、慌てて男たちが突入してきた。それは緊急事態を彷彿とさせる表情をしたコーマックたちだった。

「団長！　殿下に媚薬を盛られたというのは本当ですか⁉」

開口一番、珍しく大声を上げたコーマックに、他の獣騎士たちも続く。

「リズちゃん無事⁉」

「何もされてないかっ？　大丈夫か⁉」

「さすがに初めてなのに、団長の体力底なしの絶倫っぷりはまず――」

と、そこで、双方の目がパチリと合った。

一瞬、場が静まり返った。くつろいだ姿勢でずっと様子見に徹していたカルロが、相棒騎士のタイミングの悪さに不機嫌そうな鼻息を漏らした。

その音を合図に、獣騎士たちが血相を変えて悲鳴を上げた。

「今まさに襲われようとしてる――っ⁉」

彼らの悲鳴を聞いたコーマックが、弾かれたように動きだした。部下たちも慌てて後に続き、ジェドとリズのいるベッドへと駆ける。

「団長っ、ここまで耐えられた理性でしょう⁉ 薬で女性を襲うなんて言語道断ですっ、まだ持たせていてください！」

「団長のけだもの――っ！」

「リズちゃんを襲うなんてサイテーだっ！」

「俺らの目の黒いうちはっ、リズちゃんに乱暴なんてさせねぇっす！」

「お前らはっ、揃いも揃って何を勘違いしているんだ！」

次々に非難の文句を浴びせられたジェドが、部下らに言い返す。

その直後、コーマックが本気のブチ切れを見せて飛び蹴りした。それを受け止めジェドがベッドの外へ下りた途端、上司と部下たちによる取っ組み合いが始まる。

ぎゃーぎゃー騒ぐ様子を、リズはぽかんとして見つめていた。

「これは、いったい何事ですかな」

強行突破で屋敷に押し入られた当屋敷の執事、サムソンが遅れて到着し、迷惑そうに言った。

◆§◆§◆

媚薬事件については、ひとまずサムソンたちには伏せられ、ジェドとコーマックたちの間で誤解も解けた。

「後で、僕がエドモンドを締め上げておきますね」

副団長様の怒った笑顔が、超怖い……リズは、この時になって初めて、獣騎士団で怒らせたら二番目に怖い上司が、コーマックであるのを知った。

その後、王都出立を寂しがったジェドの両親たちに別れを告げ、先代の相棒獣にも見送られて、リズたちは帰還の報告をするため王宮へと立ち寄った。

獣騎士団の登城は、大勢の軍人や貴族らの大歓迎で出迎えられた。それは昨日の功績をたたえてのことでもあった。

今回の公務の参加を、両陛下はとてもねぎらってくれた。

昨日あった騒ぎの一件については、捕まった犯行グループの頭格が早々に供述を始め、首謀者と共犯者も逮捕の運びとなったらしい。

以前、完全解決とならなかった大事件の収束だ。国王自身も大変気にされていたことから、その解決に貢献したジェドたちの活躍は、大いに褒めたたえられた。

「聖なる戦闘獣を連れた、我が国の獣騎士団に拍手を！」

国王は、大満足の上機嫌さで最後をそうしめた。息子の第一王子ニコラスの危機を回避したことも、彼はとても感謝して褒めていた。

「さすがは我が国の守り神！」

「この国、最強の部隊！」

周りの貴族や各軍。同じく本日出立する予定の平和小国リリーエルタの代表たちと、第十一防衛部隊からも、盛大な拍手が巻き起こった。

あの幼獣については、もうしばらくニコラスの元に残ることになったらしい。国王たちも見守る中、ジェドが幼獣に確認して、そうすることが決まった。

「なんだ、まだ俺といたいと言ったのか？　ふうん。てっきり、ジェドたちと一緒に帰ると思っていたのに」

「嘘つけ。帰ってほしくないと、顔に書いてあるぞ」

ジェドが不敵に笑って指摘すると、強がりを言ったニコラスが「ぐぬぬっ」と悔しそうに頬を膨らませた。

リズだけでなく、国王の間にいる全員が微笑ましく見守っていた。

「うれしくないのか？」

「ぐぅ、そんなの……もちろんうれしいに決まっているだろ！　大親友から預かっているんだからなっ、ばっちり任せとけ！」

ニコラスは、にこーっと太陽みたいな明るい笑顔で、幼獣をぎゅっと大事そうに胸に抱えていた。引き続き責任を持って世話をすることを、エドモンドがジェドに約束した。

――これから先、ニコラスに友達が一人、二人とできていったなら。その時には幼獣も安心して戻ってくるのではないかと、リズはそんなことを思った。

両陛下やみんなに見送られ、獣騎士団は王都を飛び立った。リズはジェドたちと共に相棒獣に乗って、グレインベルトへと帰還した。

王都に来た際の長距離移動があったせいだろうか。二度目となるリズは、驚きも前に比べれば少なかった。

……というより、ジェドの前に乗せられて、彼の腕の中にいるのだと思ったら安心してしまったのだ。

団長様なら、絶対に自分を落としてしまうことはないだろう、と。

昨夜はもっとぎゅっと抱きしめてくれたのになと、なぜか少し物足りなさを感じて一人赤面したりした。そうやって気づいた時には、グインベルトに到着してしまったという方が正しい。

「おかえりなさいませ、団長！」

「お疲れ様です！」

「ご不在の間、問題は何も起こっておりません！」

リズたちの空からの帰還を、留守を任されていた獣騎士たちが出迎えてくれた。

相棒獣から降りると、彼らが協力して荷物などを運び始めた。ふと、そのうちの数人が、カルロにのせられていたリズのプレゼントの包みに首をひねった。

「リズちゃん、これ、何？」

「お土産に、ジェドのお父様からいただいたの。特注のブラッシング道具！」

かわいい笑顔でリズに答えられた彼らが、途端に「え」「王都でいったい何が」という顔をした。満足気なカルロに対して、コーマックたちは一様に視線をそらしていた。

「皆、ご苦労だった」

改めて部下を集めたのち、ジェドがそう言ってねぎらった。

コーマックたちが、気を引き締めた顔で敬礼の姿勢を取った。そして自分たちの相棒獣を休ませるべく、獣舎の方へと移動していった。

他の獣騎士たちも、荷物を運んでいってみんないなくなってしまう。

あっという間に、リズとカルロとジェドだけが残された。王都にいた時と違い、大自然の匂いを含んだ風がゆったりと流れていく。

ただ一人、まだ退出の許可をもえていない状態だ。リズは、何も言ってこないでいるジェドの横顔を、おずおず見上げた。

「あのー……えっと、私も戻っていいんでしょうか？」

いちおう直属の部下として伺った。

もしジェドがカルロを連れていくのなら、リズは幼獣舎に向かいたい予定だった。幼獣たちが元気かを確認したい。不在の間は、トナーが面倒を見てくれると言っていたので、彼から引き継ぎもしたいと思っていた。

すると、やや間を置いたジェドが、視線をそらしたまま咳払いを一つした。

「昨夜は、……その、すまなかったな」

ぽつりと、そう切り出された言葉にリズは目を丸くした。

「え？　昨夜、ですか？　えっと、たしか解決したことなのでは」

「突入された後、コーマックにこってり説教を食らった。一人でどうにかなると思っていたんだが、部屋にお前がいるのを直前に思い出したのもたしかだ。……結果として、怖がらせた。すまなかった」

ジェドが頭を少し下げ、そう謝った。

あの鬼上司が反省している。起床時も悠々と意地悪をしてきたのに、思い返せばあの後からは、からかいもなく誠実そのものだった。

恐らくは、コーマックにそれ程叱られたのかもしれない。

リズは、エドモンドにかなり怒っていた彼を思い浮かべた。ジェドにとっては一番信頼している部下で、そして幼なじみでもあることも考えると納得した。

「ええと、媚薬と聞いて、怖く思ったのはたしかですが、……でも、団長様は約束通り、暴れたりなんてしなかったじゃないですか」

あの時、苦しそうに耐えてくれていた彼を思い返すと、どうしてか胸のあたりがきゅっとしていっぱいになった。

普段は意地悪で、ドS気質の鬼上司とも呼ばれている人だけれど、ジェド・グレイソンという男性は、実のところとても優しい人なんじゃないか、って。

「団長様が必死なのは、声を聞いてわかりましたもん」

うまく言葉が探せなくて、リズはへらっと頼りない苦笑を浮かべて続ける。

「普段から意地悪なようでいて、私のためにカルロをつけてくれたりだとか、団長様って意外と紳士的なところもあって。――私、自分で思っていた以上に、団長様をとても信頼しているみたいなんです。だから謝らないでください」

「信頼……」

「はい。私、団長様以外の人だったなら、怖くて即刻逃げ出していたと思います」

思い返して、たしかにそうだとリズは自分に気づかされる。

「昨夜だって、団長様が私を抱きしめて落ち着いていられるのなら。団長様が相手なら、いくらでも抱きしめられていいかなと思ったんです」

その時、風がざぁっと流れていってリズは桃色の髪を押さえた。風に舞って運ばれていった新緑色の草に気を取られ、リズもカルロも目で追いかけてしまう。

ややあって視線を戻したところで、ふと固まっているジェドに気づいた。

こちらを見つめている彼の頬は、ほんのり紅潮している。口をつぐんでいる表情も、これまで見たことがない珍しい感じだ。

もしかして、照れているのだろうか？

リズは、大きく一歩近づいてひょいと覗き込む。すると彼が、一歩下がった。

「な、なんだよ」

「いえ。いつも大人ぶっている団長様が、いつもと少し様子が違う気がしまして？」

どうして、と問うようにリズは小首をかしげてみせる。

果実のようにみずみずしい大きな赤紫色《グレープガーネット》の目が、一心にジェドを見ている。彼はぐっと言葉が詰まり、もう一歩下がりながら、手の甲を口にやって顔をそむけた。

「いや。その……そこまで信頼されているんだな、と……」

もごもごと、ジェドがうれしさを若干滲《にじ》ませて答える。

なんだか新鮮だ。ジェドが、ちょっと変。でも、どうしてか幼獣やカルロに対して抱く、温かな気持ちがリズの胸に込み上げた。

おかげで、表情を見られたくないような彼に、うずうずした。

「団長様」

唐突にリズから声をかけられ、ジェドの警戒心が一時緩んだ。

「あ？　なんだよ――」

そう答えた彼が、手を下ろしてこちらへ視線を動かしてきた。リズは背伸びをすると、彼の頬を両手で包み込んでその顔を正面から見つめた。

直後、ジェドがぶわぁっと赤面した。

「な、何をするんだっ、見せたくない顔をガン見する奴があるか！」

「ふふっ、ここまでうろたえるとは思いませんでした。昨日まで、さんざん人を恥ずかしがらせたお返しです！」

リズは、してやったという顔で笑った。それを正面から見たジェドは、ますます顔の熱が引かなくなる。

「お前……、結構いい性格してんな」

頬を染めたまま、ジェドが口角をひくりと引きつらせた。視線だけをそらして「覚えてろよ」と小声で付け加える。

ああ。なんだかこの空気、好きだな。

そう思ったリズは、不思議と心地よくて笑った。ジェド相手に一本取ってやった気分でいたのだが、ふと、じっと見ているカルロの視線に気づいた。

――異性の顔を掴むなんて、私、いったい何をやっているの。

ハタと我に返る。これまでの自分だったら絶対にしないことで、リズは大変恥ずかしくなった。

ここしばらく、男だけしかいない獣騎士団にいたせいだろうか？

恥じらって、ジェドの顔からパッと手を離した。もう恋人役なんてしなくてもいいのに、あろうことか団長様の顔に触れるだなんて……と思ったところで、リズは重大なことを忘れていたのに気づいた。

「あ、あああぁぁぁ――っ⁉　殿下に〝ふり〟だって教えるの忘れたっ」

どうしよう。さすがに陛下の方へ頼んで、勝手に婚約を進めたりなんてしないわよね？　団長様も考えてくれているだろうし、大丈夫よね？

そう心配する彼女は、ジェドが同じタイミングで我に返り、悔しそうにしていることに気づかなかった。

「くそっ、タイミングを掴んで告白するつもりだったのに、逃した……！」

実のところジェドは、後のことをまったく考えていなかった。自分たちの仲が、両陛下とその回りでどれだけ勘違いされていっているのかも知らず――。

二人の様子を眺めていたカルロが、やれやれと息を吐く。

当分の間、カルロのため息は続きそうだ。

了

あとがき

百門一新です、このたびは「平凡な私の獣騎士団もふもふライフ」の続編となる本作を、お手に取っていただきまして誠にありがとうございます！

なんと「獣騎士団」、二巻です。

ベリーズ文庫様で初めて書かせていただいた前作をお読みいただき、楽しんでくださった皆様、素敵な感想もたくさんありがとうございました！

こうして、リズたちの続きの物語をお届けできることになり、本当にとてもうれしく思います。

第二弾となるもふもふ獣騎士団、楽しんでいただけましたでしょうか？

リズたちの物語の続きを書けることになったのがうれしくって、いろいろとスペシャルバージョンとなりページ数も増量版でお届けです。

今回、リズとジェドの仲も進展（!?）、そしてチビちゃんたちの成長、そして舞台も新たに王都の人たちが登場と、いろいろと盛りだくさんで、とても楽しく執筆させていただきました！

（※書き上げた時、担当編集者様に「シーンの尺が！」と叫んでしまいました）

まち様、このたびも素敵なイラストを本当にありがとうございました！　表紙のもふもふ度増量、チビちゃんたちもかわいさパワーアップで「寝ている子、後ろ姿チラ見えの子もとてもかわいい〜〜っ！」とめちゃくちゃ癒されました！

リズとジェドの「お姫様抱っこ」もすごく素敵！　ほんとみんなかわいくって、そして一番ジェドのイケメンな笑顔の表情にキュンキュンしました！

前作ではコーマック、今作では新登場のニコラス殿下とエドモンドも紹介ページで描いていただけたのもとてもうれしかったです！（好き！）

まさかの「ぜひ第二弾を！」とお声をかけていただきまして、本当にとてもうれしかったです！　担当編集者様、そして第二弾の制作決定を一緒になって喜び、作品作りをがんばってくださいました皆様っ、本当にありがとうございました！

そして読者の皆様、本当にいつも応援と素敵な感想をありがとうございます！

もふもふ獣騎士団の続編、お楽しみいただけましたらうれしいです。

百門《ももかど》一新《いっしん》

百門一新先生への
ファンレターのあて先

〒104-0031
東京都中央区京橋1-3-1
八重洲口大栄ビル7F
スターツ出版株式会社　書籍編集部　気付

百門一新先生

本書へのご意見をお聞かせください

お買い上げいただき、ありがとうございます。
今後の編集の参考にさせていただきますので、
アンケートにお答えいただければ幸いです。

下記URLまたはQRコードから
アンケートページへお入りください。
https://www.berrys-cafe.jp/static/etc/bb

平凡な私の獣騎士団もふもふライフ2

2020年12月10日　初版第1刷発行

著　　者　百門一新
©Isshin Momokado 2020

発 行 人　菊地修一

デザイン　hive & co.,ltd.

校　　正　株式会社 鷗来堂

編集協力　佐々木かづ

編　　集　井上舞

発 行 所　スターツ出版株式会社
〒104-0031
東京都中央区京橋1-3-1　八重洲口大栄ビル7F
TEL　出版マーケティンググループ　03-6202-0386
(ご注文等に関するお問い合わせ)
URL　https://starts-pub.jp/

印 刷 所　大日本印刷株式会社

Printed in Japan

ISBN 978-4-8137-1017-2　C0193

ベリーズ文庫 2020年12月発売

『俺様パイロットに独り占めされました』 水守恵蓮《みずもりえれん》・著

大手航空会社のグランドスタッフとして奮闘する遥は、史上最年少のエリートパイロット・久遠のことが大の苦手。厳しい彼から怒られてばかりだったある日、なぜか強引に唇を奪われて…!? 職場仲間からのアプローチに独占欲を募らせた久遠の溺愛猛攻は止まらず、夜毎激しく求められて…。

ISBN 978-4-8137-1012-7／定価：本体670円＋税

『お見合い政略結婚～極上旦那様は昂る独占欲を抑えられない～』 春田《はるた》モカ・著

老舗和菓子屋の娘・凛子は、経営難に陥ったお店を救うため大手財閥の御曹司・高臣とお見合い結婚することに。高臣は「これはただの政略結婚」と言い放ち、恋愛経験のない凛子は喜んでそれを受け入れる。冷めきった新婚生活が始まる…はずが、高臣は凛子を宝物のように大切に扱い、甘く溺愛してきて…!?

ISBN 978-4-8137-1013-4／定価：本体640円＋税

『予想外の妊娠ですが、極上社長は身ごもり妻の心も体も娶りたい』 きたみ まゆ・著

真面目が取り柄の秘書OL・香澄は、密かに想いを寄せていた社長の柊人とひょんなことから一夜を共にしてしまう。一度の過ちと忘れようとするが、やがて妊娠が発覚！ 隠し通そうとするも、真実を知った柊人からまさかの溺愛攻勢が始まる。一途に尽くしてくれる柊人に、香澄は想いが抑えきれなくなり…。

ISBN 978-4-8137-1014-1／定価：本体650円＋税

『極上御曹司と授かり溺愛婚～パパの過保護が止まりません～』 若菜《わかな》モモ・著

ウブな令嬢の美月は、大手百貨店の御曹司・朔也に求婚され、花嫁修業に勤しんでいた。しかし、ある出来事によって幸せな日常が一変。朔也に迷惑をかけまいと何も告げずに逃亡するが、その先で妊娠が発覚する。内緒で出産し、子どもと暮らしていたが、そこに朔也が現れ、過保護に愛される日々が始まって…。

ISBN 978-4-8137-1015-8／定価：本体660円＋税

『カラダで結ばれた契約夫婦～敏腕社長の新妻は今夜も愛に溺れる～』 伊月《いづき》ジュイ・著

OLの清良は、友人の身代わりで参加していたオペラ観劇の場で倒れたところを、城ケ崎財閥の若き社長・総司に助けられる。そこで総司にある弱みを握られた清良は、総司と契約結婚することに。形だけの妻のはずなのに、初夜から抱かれて戸惑う清良。身体を重ねるたびに総司の魅力に心を乱されて…。

ISBN 978-4-8137-1016-5／定価：本体660円＋税